貴族の子弟を
注意したせいで
国から追放されたので、
仕事の引継ぎをお願いしますね。
ええ、ドラゴンや古代ゴーレムが
湧いたりする、
ただの**下水道掃除**です

ただの門番、実は最強だと気づかない

02

今慈ムジナ
ill. 竹花ノート

contents

序章　魔王を倒したことに気づかない

「ダメだ！　俺はもう……戦えない！」

綺麗な湖のほとりで戦っていた俺は膝をつく。

目の前には全長数メートルもある蛇が水面からあらわれて、太陽に迫る勢いで直立していた。

水蛇はゆらゆらと蠢き、膝をついた俺を狙っている。

真の魔王を探す旅すがら、昼休憩に立ち寄った湖でモンスターに不意をつかれてしまい、俺は蛇の牙でふっ飛ばされていた。

立ちあがれない俺に、着物姿の黒髪少女がカタナを抜いてやってくる。

「師匠⁉　ご無事ですか⁉」

狡噛《こうがみ》サクラノ。

倭族《わぞく》の女の子で武闘派集団狡噛流の末席。ちょーーーーっと血の気がお盛んなところはあるが、俺を師匠と呼んで慕ってくる子だ。一応素直な子だ。

サクラノは犬みたく唸りながら、水蛇に向かってカタナを構える。

「ガルルッ！　こやつ！　シーサーペントと呼ばれる魔物でしょうか！」

シーサーペント。

水辺で荒れ狂う巨大な蛇のことだ。確かに特徴は似ているが。

「いいや！　きっと大自然の恵みですくすく育ってしまった水蛇だ！」

「それはシーサーペントと変わりないのでは？」

サクラノは真面目な表情でたずねてきた。

そうなのだろうか。

でもシーサーペントはめっちゃ強いと聞くし、一介の元兵士……それもただの門番が戦えるモンスターではないはずだ。

「シーサーペントなら俺はさっきの攻撃で死んでいたよ！　見かけで勘違いしてはいけないぞ！」

「……師匠がそう言うのであれば！」

師匠らしいアドバイスを言えただろうか。サクラノは物言いたげな顔だが。

ただの水蛇であっても油断は禁物だぞと言っておこう。

「サクラノ！　相手が水蛇であっても――」

「はい！　どちらかが死ぬまで殺し合いですね!!」

「へ？」

「わかっております！　ここがわたしの死に場所です！」

サクラノは瞳が紅くなっていた。

興奮すると体質で瞳の色が変わるのだとか。お気軽に死地《しち》を見つけないでほしい。この場の生きとし生けるものすべて斬り殺しそうな気迫を感じるぞ。

そんな彼女の殺意を浴びてか、水蛇が首を突きだして襲いかかる。

しかし、その牙が届くことはなかった。

「水流壁《アクアウォール》！」

獣人の女の子が水面に拳を叩きつけて、水の壁を作ったのだ。

「さ、させないわ！　み、みんなを魔術で支えるのがハミィの役目！」

稀代の魔術師ハミィ＝ガイロードが恐怖に負けじと叫ぶ。

メカクレ低身長爆乳牛柄ビキニの保安官で牛獣人と、属性てんこもりすぎる子だが彼女の本領はそこではない。

ハミィは水蛇の攻撃を華麗に回避する。

「水走り《アクアラン》！」

それも水上をシュババッと走って、だ。

一般的に、獣人は身体能力が優れている代わりに魔術適性が低い。

獣人の魔術師なんて本来ありえないのだが、ハミィはただ一人の例外——というわけでもなく、普通に魔術は使えない。

彼女の魔術は物理だ。力技だ。そして本人は自覚なしだ。

「さすがは稀代の魔術師ハミィ＝ガイロードだ！」

俺はハミィを応戦するように叫んだ。

信じられないけれど、彼女は魔術師だと思いこむことで力を発揮する。

どう見ても物理技なのだが、仲間内でも魔術ということとしていたのだ。

「う、うん！　先輩の調子が悪いならハミィがんばるね！」

ハミィはひかえめに微笑んだ。

ちなみに『先輩』というのは、ハミィが俺を同系統の魔術師だと思っているからだ。

俺も飛ぶ斬撃だとか空でふんばったりするが、すべて純粋な技術。魔術は使えない。

「すまない！　頼りにしている！」

「ま、任せて！　今日は大気中に魔素が満ちているし、朝の占星術でも……」

「占星術でも？」

「朝の占星術では『水場が危険。魔術トラブルがあるかも』って……」

ハミィは途端に失速して、湖に沈みはじめた。

「ハミィ!?」

いかん！　マイナス方面に思いこんだようだ！

ネガティブ思考にはまった彼女が、ここから脱するのはとても難しい。

水蛇は隙だらけになったハミィを攻撃しようとするのだが。

「光陰瞬《アロースナイプ》！」

光の矢が直撃して、水蛇が大きくよろめいた。

魔導弓から光の矢を放ったのは、エルフの銀髪少女だった。

「兄様《にいさま》ー、集中できていないようじゃなー？」

メメナ＝ビビットは戦闘中であってもたおやかに微笑む。

まだ子供だと侮るなかれ、エルフの元族長だ。

仲間をさりげなく見守るお母さんみたいな子で包容力がある。一児の母疑惑もあったが、そんなことはありえないだろう。

だってメメナはまだ子供だし。

「あ、ああ。実はさ」

「っとー。ちょっと待っておくれ、兄様」

水蛇が口から水弾を撃ってきたので、メメナは跳ねて避ける。

空中で舞いながら光の矢をカウンターでお見舞いしていた。

「ふむー、みんな調子が悪そうじゃのー」

メメナは地面に着地するとパーティーメンバーを見わたす。元族長として戦いを束ねていた少女は戦況分析が得意だ。

素晴らしい作戦を待っていると、メメナがにんまりと笑う。

「サクラノー。ハミィー。がんばったら兄様がえっちな褒美をくれるらしいぞー」

「へっ!?」「はわわ!?」「ふ、ふぇぇ!?」

三者三様で驚いた俺たちをよそに、メメナはすごく楽しそう。

悪戯好きでもある少女の言葉に、二人から闘気がほとばしる。

「し、師匠！　わ、わたしは別にご褒美はアレなんですが！　が！」

「せ、先輩!?　どこからどこまでがエッチなのかな!?　かな!?」

混乱するかと思いきや、サクラノとハミィは赤面したまま状態を立てなおす。

ギラギラした戦場が、別のギラギラに変わってしまったような……。

「兄様ー、えっちなご褒美を楽しみにしているでな♪」

俺はそんなこと言ってないと返したかったが、少女の妖艶な笑みに黙ってしまう。

メメナ……基本ツッコミ側だけど、面白そうな流れにもっていこうとするんだよな……。

「シュウーーー!!!!!!」

水蛇が舐めんなよとばかりに咆哮する。

すると、水面が大きくゆれた。

二匹、三匹目と新たな水蛇があらわれて、さすがの三人娘も表情を引きしめる。

あっちにも仲間がいたのか!?

戦えないと言っている場合じゃない。仲間内で一番大人として、そして純正ツッコミ人間として常識的に戦わなくては!

俺は黒銀の剣を握りしめる。

「仲間に手出しはさせない!」

「師匠!」「兄様!」「先輩!」

三人娘の声と共に立ちあがり、俺は魂を燃えあがらせる。

「うおおおお！　門番……ストライクゥゥゥッ！」

と叫んでみたが、単なる飛ぶ斬撃。

めっちゃ速く斬ったら斬撃は飛んでいく。王都の兵士なら常識だ。

モブっぽい。モブすぎる。モブそのものと言われつづけた俺が少しでも恰好をつけるために名付けた『門番ストライク』がズババーンッと炸裂する。

水蛇たちは胴体が横に裂け、断末魔もあげることなく水面に伏した。

水蛇の体から黒い煙……魔素が漏れている。放っておけば消滅するだろう。俺は黒銀の剣を鞘におさめると三人の強い視線を感じる。

は、派手過ぎる技名だったかな？

「師匠！　さすがですねっ！」

サクラノの瞳は黒色に戻っていたが、まだ興奮しているようだ。

「そ、そう……？　ちょっと派手すぎたかなーとも思ったけど」

「そんなことありません！　かっこよかったです！」

「そかそか。なら、がんばった甲斐があったよ」

サクラノはよいしょするところがあるとはいえ嬉しい。

夜な夜な特訓しながら技名を考えていたんだよなあー。

「しかし師匠、調子が悪いのではなかったのですか？　剣の冴えはいつもと変わりないように見えましたが」

サクラノは不思議そうにした。

うっ……戦意喪失の理由がくだらなすぎてあまり打ち明けたくないが……。

「……実はさ。……鎧の、この辺りを見てくれ」

俺は聖鉄の鎧の胸部を指さす。

サクラノが目を細めながら見つめてきた。

「かすかに傷がついておりますね。先ほどの蛇の攻撃ですか？」

「うん、牙で傷がついたみたいでさ。すごく高級品なのに……」

「高級品なのに？？？」

黒銀の剣も聖鉄の鎧も、王都の下水道騒ぎのときに国からいただいたものだ。下っ端兵士、ただの門番でしかなかった俺が手に入る代物じゃない。

ようは超高級品が傷ついてしまい、気が気ではなかったのだ。

「どれだけ修理費がかかるのか考えると気が重くてさ……」

「師匠！　傷も勲章の一つです！」

「サクラノ、正直に打ち明けるとさ。黒銀の剣も聖鉄の鎧も超高級品すぎて、普段からめちゃくちゃ気をつかうから心労がさ……」

「以前の装備は雑に扱っていましたしね」

サクラノは「武人として良くありませんでしたよー」と俺をたしなめた。

以前のオンボロ装備一式。

オンボロ剣は物干し竿代わりになったし、オンボロ鎧は凸凹部分で洗濯もできた。雑に扱っても気に病むことはなかったのだ。

想像してほしい。

超超一等級の宝石を身に着けることになった一般人の気持ちを……。腰の魔導カバンもお高いが、こっちは修理しやすいので気は楽。

「俺、元兵士だからさ……お高い武器が身の丈にあってないよ」

「身の丈ですか」

サクラノはふりかえり、湖に浮かぶ水蛇の死骸を見つめた。

二度と起きあがることはないモンスターに、三人娘はそれぞれ見つめ合う。

「師匠の身の丈ですか」

「ふむ、兄様に釣りあうような武具のう」

「えーっと……？　先輩……？」

俺の実力を測るような表情だが、気にしすぎと言いたいのだろうか。でもお高い装備と自分を比べてしまうしなあ。

俺が気恥ずかしさを感じていると、サクラノはからりとした笑顔を見せる。

「師匠、武具は馴染むものです！　いずれ武具の格が師匠に追いつきますよ！」

いや逆逆。よいしょするにも慌てたのかな？

無理やりなフォローをさせて申し訳ないなー。

俺たちは今、真の魔王を探す旅をしていた。

王都を混乱に陥れた魔王（自称）は、女神の薬と仲間との絆によって撃破した。

魔王（自称）は最後まで『自分は本当の魔王だ』と言いはっていたが、ただの門番である俺に倒せるはずがない。

きっと魔王分身体だとか、そんな存在だと思う。

分身体でも奴の気配を知っているのは俺だけだ。この世界のどこかに潜んでいる真の魔王を探すため、世間を騒がせないように秘密裏に旅立っていた。

サクラノたちには旅の理由（主に武者修行）があるのだが、俺の旅に付き合ってくれて本当に感謝しかない。

そんなわけで、大草原のキャラバン商隊をおとずれた。

草原には荷馬車や麻布《まふ》を広げた簡易店舗ができている。

交易所としても利用されているようで、見たことのない工芸品が売られていた。

冒険帰りの冒険者もいるな。商人にモンスター素材を売っているみたいだ。ちょっとした村みたいで、日も浅いのに人でワイワイ騒がしい。

と、俺の隣にいたハミィがこわごわとたずねてくる。

「せ、先輩……王都ではご禁制の素材が売られているみたいだけど……。も、もしかして、このキャラバンは闇の集ぃ……？」

捕まって売られたりしないかと、ハミィは瞳で訴えてきた。

「大丈夫大丈夫。ここいらは自由都市地方なんだ」

「自由都市？」

「えーっと、土地の管轄はグレンディーア王国あずかりだけど、自治権はその地に住む人に任せているんだよ。この地は大昔、暗黒大陸とも呼ばれていたぐらい危ない場所が多くてね。王都西部の開拓も最近はじまったばかりで……未開の地が多いんだ」

「ダビン共和国からそう離れていないのに手つかずだったのね」

ダビン共和国とは、獣人の棲まう大地だ。

「あの国は険しい山脈が天然の城壁になっているし……。エルフのところは精霊が住まう大森林があるからなあ。他種族との交流は、まだまだこれからってところじゃないかな」

「そ、そうなんだ」

ハミィは感心した瞳を向けてくるが、まあ王都にいたら耳にする話だ。

「一応貴族が治める領地もあるけど、王都の影響がない地域ばかりでさ。灰色の地点《グレースポット》と呼ばれる場所が多いんだよ」

「このキャラバンみたいに？」

「うん。ここはさ、俗にいう『冒険の大地』だよ」

ぶっちゃけ俺もはじめてきたよと、つけ加えて言った。

ちなみに冒険者はだいたいこの自由都市地方に向かう。

王都を拠点にしながら未開の地を攻略したり、古代ダンジョンを探究したり、学者がモンスターの研究におとずれることもあった。

自分には縁《えん》がない場所と思っていたのに人生わからないな。

「ところで先輩はこのキャラバンになにをしに？」

「手ごろな武具を買いにと……。今の高級装備を手放しにだな」

「良い武具なのに……。あ……でも、対魔装備は魔素伝導率が悪いと聞くし、それを考慮してのことなのね」

ハミィは納得したようにうなずく。

彼女はいまだ俺を同系統の魔術師だと思っていた。

「完全には手放さないさ。装備はしばらく預けるだけ」

「？　預ける場所なんてあるの？」

「冒険者ギルドに登録したら預かりサービスが利用できるんだ。少し大きめのキャラバンにはギルド員がだいたい同伴していてね。そこに預けたらギルド倉庫に輸送して、保管してもらえるんだよ」

「便利なのねー」

だよなー、便利だよなー。

その便利なサービス。ケビンのせいで冒険者ギルドに登録できなくて、以前の仕事探しの旅では利用できなかったんだよなあ……。

だけど今回の旅ではちがう！

出発前にちゃーんと登録してきたので荷物預かりサービスを利用できるのだ！

しかし、さっそく見つけた男のギルド員にこう告げられる。

「――お前さんのは無理だな。諦めてくれ」

仏頂面のギルド員に、サクラノが吠える。

「貴様ッ！　師匠の頼みを断るとはなにごとか！」

「待て待て待て!?」

カタナを抜きかけたサクラノを、俺は慌てて羽交い絞めする。

メメナが彼女をなだめるように優しくさすっていた。

「俺、冒険者ギルドにちゃんと正規で登録しているんだけど……。どうして無理なんだ？」

「すまんすまん。言葉足らずだな。お前さんの装備は高級すぎて、ここじゃあ預かることができないんだ。輸送時に事故ったら保証できないからな。ギルド規定にもある」

ギルド員は動じずに答えた。

サクラノのような荒くれ者相手は慣れているらしい。

「し、知らなかった……」

「護衛付きのしっかりしたキャラバンなら預かることもできるが、ここみたく手狭でやっている場所じゃやな。物自体がトラブルになりかねん」

もしかして盗難や強盗も考えてのことか。

そう思うと超高級装備をさっさと手放したくなってきた。

「……師匠師匠、つまり師匠の装備を餌に悪漢がやってくるわけですか？」

「いきなり機嫌良さそうにするんじゃないの」

斬るつもりか。斬るつもりなのだろう。

しかしどうしよう、王都に戻るのには時間がかかる。さすがに国からいただいた装備を売るってわけにもいかない。圧縮魔術が施された腰カバンも容量に限度があるしな。

俺が困っていると、ギルド員がつぶやく。

「……預ける場所がないわけでもないんだが」

言うべきか言わざるべきか、そんな表情だった。

「兄さん、一応教えておくが自己責任だぞ？」

「は、はあ……？」

「それとだ。北の湖にはしばらく近づかないほうがいい」

「北の湖？　俺たちそこから来たんだけど……」

「なんだと？　なあ、シーサーペントがでなかったか？　湖に棲みついたらしくてな。名うての冒険者も警戒している」

ギルド員は怪訝な表情で言った。

えー、マジか。あの湖に凶悪なシーサーペントが棲みついていたのか。

だから眷属っぽい水蛇がいたんだな。危うく遭遇するところだったよ。

「兄さんたち、もしや倒したのか？」

俺が答える前に、メメナが片手をあげた。

「女子集合じゃー」

メメナとサクラノとハミィが円陣を組み、ゴニョゴニョと話し合う。

「師匠、自分の強さにまったく気づきませんね……。魔王を倒したことも……。いい加減に伝えるべきでしょうか……」

「ううむ。ワシも気になって兄様を調べたのじゃが……。どうも女神の術がかかっているようでのう……。あの無自覚さは……神々の意図があってのことかもしれん……」

「先輩ってば女神さまに祝福されているの？　しゅ、しゅごい……」

なんの話をしているんだろう？

三人はあいかわらず仲がいいなー。

「師匠のお側で……武者修行したい気持ちは変わりありません……」

「ハ、ハミィもまだまだ学ぶことがあるわ……」

「では兄様と旅をつづけながら……子種をいただく機会を探すとしよう……」

お。話は終わったみたいだ。

赤面して黙りこくったサクラノとハミィをよそに、メメナが微笑んだ。

「ふむ、ギルドの人よ。シーサーペントはおらんかったぞ。水は清らかになっておったし、おそらく住処を変えたのか勝手に滅んだのでは？」

ギルド員は困ったように頭をかく。

「いや勝手に滅んだって……。兄さん、実際のところどーなんだ？」

湖にシーサーペントはいなかった。

水蛇との戦闘時にあれだけ騒いでいてもあらわれなかったし、滅んだ線はありえるか。

「勝手に滅んだんじゃないかな」

俺は思ったままを口にした。

今回はたまたま危険には遭遇しなかったが、もしかすればシーサーペントの不意打ちを食らって大怪我をしていたかもしれない。

そう思うと身がひきしまる。

これが冒険……未知の世界に踏みだすということなんだ。

真の魔王を探す旅で自分にできることは精一杯がんばる気ではいたけど……。できることが増えるよう、もっともっと成長しなければいけないな。


ギルド員に教えられて、キャラバン商隊の最後尾に向かう。

そこには二十数名ほどのグループがいた。

若い女の子ばかりで、キャッキャと騒いでいる。

全員薄着で健康的な肌を見せびらかしている。一見華やかそうな場所だが、彼女たちは得体のしれないモンスター素材を解体していたり、グツグツと煮えた鍋で調合したりしていた。

別名『魔女の集会』――悪魔族のキャラバンだ。

「およ？　誰かこっちに来るよー？」「めちゃモブっぽい奴いるし」「こっちゃこーい、こっちゃこーい。とって食わないからさー」

全員に、禍々しい角と尻尾が生えている。

彼女たちは暇つぶしの相手がきたぞと、ニタニタと笑っていた。

……悪魔族。初めて見るな。

兵士長からいろいろ聞いたことがある。自由都市地方での商いを生業《なりわい》にする種族で、なんでも一般には流通しない品も取り扱っているとか。なんというか『明るいハグレ集団』って感じだ。ハミィは気圧されたのか俺たちの後ろで小さくなっているし。

「モブっぽいおにーさん。あたしらと遊びたいのー？」

地べたに座っていた悪魔族の子が、ふくよかな胸を見せびらかせてきた。

突然のお色気に、俺は不可抗力でじっくり胸を見つめてしまう。

「師匠……？」

サクラノの冷たい声に我に返る。

俺は咳払いし、少し照れながら告げた。

「すまない、ここの悪魔族のまとめ役と話をしたいのだけど」

「ありゃ、真面目な用事？　スルー!!　お客さんだよー！」

悪魔族の子はふりかえって名前を呼んだ。

少し離れた場所で、褐色肌の悪魔族が同じように地面に座っていた。

スルと呼ばれた女の子はリーダーみたいで、他の悪魔族に仕事を指示している。

そして指示が終わったのか、俺たちにゆっくりと顔を向ける。なにが面白いのかにんまりと笑い、元気よく立ちあがってやってきた。

「なんだいなんだいー！」

「……君がまとめ役？」

綺麗な褐色肌の子だ。

歳はサクラノたちとそう変わりないように見える。うすい髪色に、どこか油断のならない顔つき。かなり薄着なこともあってか、すごく若さを感じる。

警戒しているのか、尻尾の先を俺に向けていた。

「そ。悪魔族をまとめてるスル＝スメラギだよ。もしや若いから頼りにならないと思ってる？」

スルと名乗った女の子は探るように俺を見つめてきた。

明るくて人懐こい笑みだが距離を感じる。作ったような印象を受けた。

「幼くても立派な長《おさ》だった子を知っているからさ。若さで不安にはならないさ」

俺はメメナを横目で見る。

メメナは嬉しそうに「小さな女の子の良さをわかってくれたか」と返してきたが、隙あらば危うい方向に持っていくのはやめていただきたい。

スルの瞳がちょっぴり険しくなる。

「一応言っておくけどさ……うちら、身持ちは固いよ？　いるんだよねー、遊んでくれそうだと思って声かけてくる人ー」

「ち、ちが！　誤解だ！　そんな用件じゃなくて！」

「まっ、なんでもいいけどね！　それで用件ってなーに？」

スルはからりと笑った。

必要以上に干渉してこない子みたいだ。

「悪魔族も荷物の預かりサービスをやっていると聞いてさ」

「……へ？」

「預けたいのは、俺の剣と鎧なんだけど……」

「ふーん、良い品だね……。確認だけどさ。旦那、うちらが何者かは知ってるわけだよね？」

スルは笑顔のままだが、どこか脅しているようにも聞こえた。

「流浪の悪魔族だろう」

「なんだ、ちゃんと知ってるじゃんか」

スルは悪魔めいて微笑んだ。

悪魔族。この大地で決して定住することのない流浪の種族だ。

獣人族もなかなか定住しないが悪魔族は理由がちがう。

悪魔族は３００年前の大戦で、魔王側についた種族だ。

魔王側についたために他種族から忌み嫌われてしまい、戦後は住処を追われてしまった。さすがに数百年も経てば事情が変わろうものだが、なんでも約束事で定住できないのだとか。

「うちらに荷物を預ける……その意味わかるよね？」

荷物の保証はできないぞ。冷やかしなら帰れといった笑みだ。

悪魔族はキャラバンで生活しているが、他の商隊が追いはらうことはしない。なぜなら悪魔族は住処を追われたがゆえに、この大地を誰よりも知っているからだ。

灰色の地点《グレースポット》を渡り歩き、蛇《じゃ》の道に通じているとも聞く。

悪魔族同士で深く繋がっているため物流にも強く、手に入らないものはないとも。

「……別にさ、俺が預けた装備を売り払ったりはしないだろう？」

「わかんないよー。だってうちらは悪魔族だし？」

作ったような笑顔で返された。

ギルド員の『自己責任』とはこれだ。信用できない種族だが、手段として教えてくれた。

実際に会ってから考えようと思ったが、確かにつかみどころがないな。

「うちらを信用できないならさっさと帰って——」

「いや、預けるよ。任せていいかな？」

スルや他の悪魔族にも予想外だったのか、彼女たちは目をまん丸くした。

俺の仲間も驚いたようで、サクラノが服をひっぱってくる。

（師匠。悪魔族はわたしも耳にしております。狡噛流と同じぐらい評判が悪いですよ？）

（大丈夫だって、悪い感じはしなかったし。というか狡噛流の評判悪かったのかよ……）

サクラノ。なぜそこで得意げにする。

「旦那、本気で言ってるわけ？」

スルや他の悪魔族はどこか愉快げだ。

うーん、深い理由はないんだよなあ。

王都で培った門番スキルで彼女たちを探ってみたが、邪悪な気配は感じなかった。もっとも極悪人をなんとなく感じる技術なので、精度が良いってわけじゃないが。

大丈夫かなと思った根拠は、いつもの直感だ。

「本気だよ。君たちを信用して預けるよ」

「そー？　そんじゃ、商売の時間だね！」

スルは、カモがやってきたーといった表情でほくそ笑んだ。

……痛い目にあったそのときは勉強代と思うことにしよう。

そんなわけで、だ。

「――うおおおおおお！　戻ってきた！　いつもの俺が戻ってきたぞおお！」

配給オンボロ鎧をまとった俺は、配給オンボロ剣を高々とかかげた。

スルが『武器はまだ買ってないの？　だったら、これいる？』と荷台から持ってきた装備が、まさかの馴染みある装備。なんでも物々交換でちょうだいしたのだとか。

ただの兵士らしくなった俺はようやく一安心した。

「師匠ー、武具にはこだわりましょうよー」

「こだわった結果がオンボロ装備なんだよ。やれやれ、これで雑に扱えるよ」

「雑に扱わないでください」

「サクラノとはこの姿で出会ったわけだし、思い出深くないか？」

サクラノは「それはそうですが」と言い、頬を赤くした。悔しい敗北を思い出したのだろうか。

とにかく、これで装備が傷つくことに悩まなくて済むぞー。

装備はグレードダウンだが、メンタル面は超絶アップだ！

俺は大満足しながら剣を鞘におさめると、スルが微妙そうな笑顔で言う。

「そ、そこまで喜んでもらえるとは思わなかったなー。旦那は変な人だね」

「……俺は大真面目なんだけど。まあ変だとかはよく言われるよ」

あとは天然だとか。口の悪い者にはアホだとか。

天然でもアホだとも思わないが、モブっぽいのは自覚している。

「うんうん、旦那の人柄がだいたいわかったよ！　ここいらの悪魔族に連絡しておくからさ、装備が必要になったら声をかけてね。数日中にお届けするよ！」

「ここいらって……自由都市地方のどこでも？」

「うちらは流れ者だからねー。だいたいのキャラバンにいるし」

スルはさらりと言ったが、つまりは故郷がないってことだ。

自由都市地方で冒険するなら悪魔族と仲良くしたほうがいい。なのに、他種族から彼女たちは避けられている。俺が思うより根深い問題なのだろうか……。

っと、この地方に詳しいのなら。

「あのさ、自由都市地方で怪しげな場所とか知らないか？」

魔王のことを避けて言ったら、ふんわりした言い方になってしまった。

さすがに不審に思ったのか、スルは目を細める。

「怪しげな場所ね。それを聞いて、どーするつもり？　旦那、王都の密偵じゃないよね？」

「まさか、ただの元門番だよ」

俺が堂々と答えたら、スルは余計に眉をひそめていた。

◇◇◇

悪魔族のスル＝スメラギは、闇の中を歩いていた。

深い深い峡谷。

夜の暗闇にまぎれるように暗黒の神殿が存在した。

自由都市地方には灰色の地点《グレースポット》と呼ばれる場所がたくさんある。

底なしの沼地。未踏の大地。法の目が届かない昏き地下。灰色と灰色が重なりあえば、暗黒が生まれる。そういった場所に魔性は棲みつくのだ。

スルは、暗黒神殿の廊下を歩いていた。

石造りの廊下の両端には紫の炎が灯っている。おぞましくも荘厳な彫像が並んでいた。

彫像は魔王ヴァルボロスを象《かたど》ったもの。魔王の姿がいくつもあるのは、第二第三と複数の形態があるらしい。

異形の王とも呼べる姿に、彫像だとわかっていてもスルの背筋に冷たい汗が流れる。

（人の心に闇があるかぎり、ぜったいに滅びることのない最悪の魔性か……）

人でもモンスターでもない、闇に堕ちた者を魔性と呼ぶ。

そして魔性を統《す》べる王――魔王ヴァルボロスこそが、スルの主人だった。

ヒリついた空気から逃れるように深呼吸する。

（ふう……まさか目当ての人物とばったり出くわすなんてさ）

特徴があまりにもモブっぽいとは聞いていたが、本当にモブっぽいとは思わなかった。

あんなにもモブっぽい人間がいるなんて、とスルは苦笑する。

しっかり意識していないと顔を忘れてしまいそうになる。彼の姿を思い浮かべながら、長い廊下を歩きつづけた。

すると、重厚な両扉があらわれる。

「――三邪王様、スルがまいりました」

スルがそう告げると、扉は重い音を立ててひらいていく。魂すら凍てつきそうな魔性の霧が床下から伸びてきた。

スルは感情を押し殺し、ゆっくりと広間に入る。

おどろおどろしい邪王の間には、背もたれが天井に届くほどの椅子が三つあった。

ローブをまとった三体の魔性が椅子に座っている。

（うう……視線だけで気絶しそう……）

スルは従順なしもべの表情で歩いていき、彼らの前で膝をつく。

ローブの下で魔性たちが邪悪にほくそ笑んだ。

「愛しいスル……。今夜はどんなふうに私たちを喜ばせてくれるのかい？」

中央の魔性がねっとりとささやいた。

邪王チュウオウ。

魔王ヴァルボロスの忠実なる部下で、その魔力は魔王に匹敵すると言われている。

300年前の大戦時、この大地で悪逆非道の限りをつくし、生きとし生けるすべてのものから恐れられていた悪しき存在だ。

スルが頭《こうべ》を下げたままでいると、右側の魔性が叫ぶ。

「スル！　くだらねえ情報だったら、ただじゃおかねぇぞ!!」

邪王ウオウ。

魔王ヴァルボロスの忠実なる部下で、その腕力は魔王に匹敵すると言われている。

300年前の大戦時、この大地であまたの戦士を倒しつづけ、無数の戦場を築きあげた恐るべき存在だ。

荒々しい声をスルが黙って受け止めていると、左側の魔性がつぶやく。

「ダ、ダメだよ……ダーメダメ……。スルは大事な僕たちのしもべ……。優しく、丁重に扱って……。ダメだったときは厳しくお仕置きしてやらなきゃね……くひひっ！」

邪王サオウ。

魔王ヴァルボロスの忠実なる部下で、その技量は魔王に匹敵すると言われている。

300年前の大戦時、この大地で暗躍しつづけた魔性であり、彼の創りだす迷宮は難攻不落と呼ばれていた。

邪王チュウオウ。邪王ウオウ。邪王サオウ。

魔王ヴァルボロスに仕えていた三邪王がスルを見つめる。彼女はこのまま闇に溶かされるのではないかと思った。

身動きできないスルに、邪王チュウオウが甘い声でささやく。

「スル、なにも怖がることはないよ。私たちは君を大事な仲間だと思っている。さあ有益な情報を教えておくれ」

邪王チュウオウの声は穏やかだが感情がない。

ここでつまらない情報を伝えれば、死より恐ろしい折檻がはじまるとスルは察した。

「三邪王様、例の者と接触しました」

スルは静かに顔をあげた。

ローブで彼らの表情は見えないが、歓喜で口元を歪めたのが伝わってくる。

「クハハッ！　そうかっ！　さすがスルだな!!」

「くひひ……仕事が早いねぇ……。さすが裏切り者の悪魔族だ……」

ご機嫌そうな邪王ウオウとサオウに、スルは嬉しそうに微笑んで見せる。

邪王チュウオウはねっとりとした視線を送ってきた。

「愛しいスル。彼《か》の者はどうであったか？」

「……とてもモブっぽい男でした」

「腕に覚えがあるように見えたかい？」

「見えません。むしろすごく弱そうで……。それに黒銀の剣と聖鉄の鎧をわざわざ手放して、オンボロ装備を喜ぶ珍妙な人間でした」

邪王ウオウが「んだそりゃ！　物の価値がわからねー馬鹿かよ！」と爆笑した。

邪王チュウオウが満足げに言う。

「では私の眷属が調べたとおり、王都に封印された魔王様は本当に分身体だったようだね」

邪王サオウが悲しげにつぶやく。

「くひっ……魔王様……。そんな大事なことを教えてくれないなんて……」

「仕方があるまい。私たちは忌々しきダン＝リューゲルに一度滅ぼされた。魔王様のお力により死は免れたが……。力を取り戻すのにずいぶんと時間がかかってしまったからね」

邪王チュウオウの背後の景色が歪む。

勇者に滅ぼされたことを思い出したのか禍々しい殺気が伝わってきて、スルは表情を崩さないようにするので必死だった。

邪王ウオウが苛立ったように叫ぶ。

「スルッ!!　そのモブ野郎はなにしに自由都市にきやがった!?」

「なにかを探しているようでしたが……わかりません。気配を消すのが得意なようで追跡が非常に難しく……。つい存在を忘れるぐらい印象のうすい者で、さらに――」

しっかり意識していないと追跡していたことも忘れる。

そう告げる前に怒声が飛んだ。

「言い訳をするんじゃねぇっ!!!!!!」

スルは邪王ウオウの怒りを真顔で受け止めた。

従順でいることが、彼らの怒りをなだめる方法だとよくわかっていた。

「愛しいスル」

「はい、邪王チュウオウ様」

「私たちは君に厳しい言葉を投げかけるかもしれないが、それは君を……悪魔族を大事な仲間だと思っているがゆえなんだよ」

「変わらず、絶対の忠誠を誓わせていただきます」

返答に満足したのか、三邪王の怒気がゆるまった。

「愛しいスル。彼の者は調査に秀でた能力を持っているのだろうね」

「……おそらくは」

「君の任務は彼を見定めること。優秀な君のことだ。すでに策はうっているのだろう？」

「……神獣カムンクルスが眠る地にいざないました」

スルはちょっとだけ言葉を偽った。

(策というか、怪しい場所がないか聞いてきたから教えただけなんだけどね……)

だが余計なことは言うまいと沈黙をたもつ。

神獣カムンクルスと聞き、三邪王は嘲るように笑った。

「だはははっ！　そいつはいいぜ！　奴は人間嫌いだからな！」

「くひひひっ……もうすぐ回生《かいせい》の時期だしねぇ……。煉獄の炎が大地に降りそそぐよぅ……」

「彼の者も運がない。神獣カムンクルスによって、死より恐ろしい目にあうだろう」

邪王チュウオウは慈悲をみせたが、口元が歪んでいたのをスルは見逃さなかった。

邪王ウオウが力任せに床を踏む。暗黒神殿がズズズッとゆれた。

「はっ！　分身体でも魔王様に剣を向けたんだ！　むごたらしく死んでもらわなきゃな‼」

邪王サオウが神経質そうに両手を合わせると、広間の空気が氷点下まで冷えこむ。

「くひひっ……！　魔性によってニンゲンどもが泣き叫ぶ時代が戻ってくるよう……！」

自分が今、呼吸をできているのかスルにはわからない。

三邪王の圧に、内臓が締めあげられているかのようだ。

それぞれの得意とするところで魔王に匹敵する力がある三邪王。まだ全力ではないだろう。それでも底知れぬ恐ろしさが伝わってくる。

そして復活を見越して、三邪王に回生術をほどこした魔王。

魔王ヴァルボロスはいったいどれほどまでの力を持っていたのか。分身体といえど楽な相手ではなかったはず。情報は隠ぺいされていたので詳細はわからなかったが、きっと国の全兵力と入念な策で撃破したのだと、スルは思った。

邪王チュウオウが帯びている魔がふくれあがる。

「魔王様は別の地で力を蓄えていることだろう。魔性が世界をふたたび支配するため……今は、祈ろう同胞たちよ」

「だはは!!!!!!」「くひひっ!!!!!!」

心臓が破裂しそうな瘴気にあてられながら、スルは暗黒時代のおとずれを悟った。

――そう。

誰も、魔王が完全ガチで滅んだとは思っていなかったのである。

一章　ただの門番、神獣を倒したことに気づかない

キャラバンから離れ、森を歩きつづけて幾日。

俺は、朽ちかけた神殿の大広間に佇んでいた。

目の前にはどでかーい卵がある。

「でかい……。うん、でかい。家ぐらいの大きさだな……」

どでかい卵が瓦礫に安置されている。まるで鳥の巣だ。卵は鳥類を思わせる形状で、崩れた天井から差しこむ太陽の光がどこか神々しさを感じさせた。

蔦《つた》だらけの大広間にて、俺はどうしたものか悩む。

「モンスターの卵だよなあ……」

モンスターは基本的に食べることができない。

モンスターの肉体は8割以上が魔素だ。生命活動が停止すると体内の魔素を吐き出し、最後は煙となって消えてしまう。素材が欲しい場合は、特殊な武器か術で保存する必要がある。

まあ、魔素まみれなわけだ。

魔素の過剰摂取はよくない。体内で処理しきれないと内臓器官に魔素塊ができてしまい、とっても痛い思いをする。モンスターの体内で魔素が変質して毒になっていることもあるらしい。

「でも卵なら加熱すれば……。保存術はメメナが使えたし……」

悩めば悩むほど頭を使ってしまい、お腹がぐーっと鳴る。

俺たちは主要路から離れて、『怪しげーな場所（スル談）』に向かっていた。道中何度かモンスターに出くわしたが、武闘派な仲間のおかげで苦労することはなかった。

困ったのは食料だ。

ちゃんと食事はしていたが、旅しながらだといかんせん量が足りない。

「エルフの森で迷っていたときは周りに果物とかあったしな……」

あのときは困らなかったが、冒険中いつも周りに食材があるわけじゃない。

なにもない平原を歩き、岩だらけの山を登り、洞穴をさまようこともある。

各々の魔導カバンとポーチ（圧縮魔術が施されたカバン。サクラノは魔導巾着）に、携帯食料を詰めてはいたが、冒険しながらだと腹が減るものでみるみる減っていった。

旅慣れはしていたけど、冒険慣れはできていなかったわけだ。

ちょうど森に来たわけだしと、俺たちは分かれて食材を探していたが。

「……卵だけか。卵だけでもありがたいけどさ」

探索中に朽ちかけた神殿を発見。

もしかしてを期待して探っていたら、判断に困るどでかーい卵があったわけだ。

「モンスターの住処ってわけでもなさそうだが……」

大広間をぐるりと見渡す。

蔦まみれで装飾はわからないが、なんというか物々しい。卵を崇めるような、あるいは畏れているかのような雰囲気を感じる。

「うーん……この卵は壊したほうがいいのか……？」

俺は頭をがしがしとかく。

どでかーい卵だ。全員のお腹を満たすには十分すぎる。お腹がふくれたら心に余裕ができるし、サクラノとハミィの関係もきっと良くなると思う。

とは言っても、二人は別に喧嘩をしているわけじゃないが。

食料が減ってきたことで、ハミィが遠慮するようになっていたのだ。

ちょっと前の食事中の会話がこれだ。

『サ、サクラノちゃん……。ハ、ハミィもうお腹がいっぱいだから食べていいよ……』

『？　ハミィは昨日もそう言って、あまり食べなかったではありませんか』

『ハ、ハミィは小食だから……』

『……我慢は美徳ですが、遠慮はいけませんよ！　よく食べて、よく寝る！　そうして初めて殺しあいができるのです！』

『ひゃ、ひゃい……。すみません……』

ハミィが縮こまったので、サクラノは難しい表情で黙りこんだ。

二人の仲は良い。しかし血気盛んなサクラノと、悪い方向に考えがちなハミィとで微妙に噛み合わないというか、少し壁があるようだった。

『ふむふむ、サクラノはハミィのことが心配なんじゃなー』

と、メメナがうまくとりなすおかげで問題はないが。

一番幼い子が一番しっかりしている。

パーティーの年長者として俺もしっかりしなきゃだ。もうちょっと周りを調べてみるか。

「卵のための神殿だよな。多分」

玉座みたく置いてあるんだ。きっと意味がある。

俺は大広間を歩きまわって、丁寧に調べていく。

「お。……ここだけ他と様子がちがうな」

壁面の蔦をとりはらうと、そこには壁画が描かれていた。

抽象的な絵なのでわかりにくいが、卵にまつわるなにかを伝えようとしている。

「壁画の卵が割れている……。これは……鳥？」

割れた卵から大きな鳥があらわれていた。

大きな鳥を中心にして炎が巻き起こり、何十人もの人が炎を避けるように鳥を眺めている。

そして、二人の少女が大きな鳥に向かって手をかざしていた。

「なにかの儀式、か……？」

考えろ、考えろ、考えろ。俺は学者じゃないけれど、謎解き要素のある物語はよく読んでいた。

だったら謎解きも得意なはずだ。

大きな卵。大きな鳥。炎。たくさんの人。二人の少女。

俺はそこでピピーンときた。いつもの直感だ。

「これはつまり……大昔の食事風景か!!」

壁画の内容は、卵からかえった大きな鳥！

それを炎で焼いて、みんなで食べようとしているシーン！

二人の少女はお腹を空かした子供がいるってアピールだな！

モンスター食なわけだし、周りへの言い訳が必要だったのだと思う。解釈はそれで絶対に間違いないな。俺、謎解き要素のある物語をかなり読んでいるし。

よしっ、かんっぺきな推論だ!!

「どでかーい卵は食べられるモンスターなんだ！」

俺はウキウキしながら卵に近づいて、ぺたぺたと手で触った。

ほんのり温かい。生命《いのち》を……そして食のあたたかみを感じる。

卵のまま食べてよし、いずれ生まれてくる鳥モンスターを食すもよし。持ち帰って仲間と相談しようとしたのだが。

ピキピキピキッ、と卵に亀裂が入る。

「お、おい!?　生まれるのか!?」

俺はビックリして距離をとると亀裂からまばゆい光が漏れだし、大広間が太陽のようなまばゆい光に照らされた。

手でおおって見守っていた俺は、光の中で蠢く影に気づく。

「――ピュ――――――――イッ！」

大きな鳥は炎が形になったかのような姿だった。

全長十数メートルほど。ひな鳥じゃなくて成鳥なのはモンスターだからか。ゆったりとした佇まいは神々しさを感じる。

美しい鳥だ。食べようとしていた自分が恥ずかしくなってきたな……。

「ピュルルルルルルル……」

大きな鳥は優しく鳴き、俺を見つめてくる。

こっちにきてよこっちにきてよと、訴えるような瞳だ。

もしや、すりこみ効果で俺を親だと思っているのか？

まいったな。食材を探しにきたら新しい仲間を見つけてしまうとは。大きな鳥の背中に乗っての旅かあ。うーん、浪漫たっぷり大冒険。

「……俺は本当の親じゃないけどさ。君をこの世界で一人にはさせないよ」

俺は慈しみの精神で大きな鳥に歩んでいく。

そのときだ。笑うはずのない鳥がニタリと不気味に笑った気がした。

「ピュイ!!!!!!」

「うわっとっ!?」

大きな鳥が翼を広げたかと思うと、羽根が矢のように飛んでくる。

俺は真横にぴょいんと避けたが、床に突き刺さった羽がメラメラと燃えていた。

「な、なにをするんだ!?」

「ピュピューイ！　ピュピューイ！」

大きな鳥は俺を馬鹿にするように鳴いた。

くっ、神々しくはあってもやっぱりモンスターか！　敵意満々じゃないか！

俺は危害を加えるつもりはなかったのに……いや、食べる気だったけどさ！

「ピューーーーイ!!!!!!」

大きな鳥が翼をゆらめかすと、熱波が大広間に広がった。

「あっつー!?　むわむわっとする！」

「ピューイ？」

大きな鳥は不思議そうに見つめてくる。

熱波の中でも平気なのはおかしいと思ったのだろうか。王都の下水道で火炎系モンスターとは何度も対峙したからな。我慢はできるのだ。

「……ピューイ」

「た、食べようとしたのは悪かったけどさ。攻撃しなくてもいいじゃないか……」

「ピューイ、ピューイ、ピューイ」

大きな鳥は苛立ったように鳴く。

人間ごときが我の視界に入るんじゃない、そう言わんばかりの鳴き声だ。

「ピュルルルル!!!!!!」

大きな鳥の翼から火炎球が飛んできた。

「!? せいっ!!」

俺はロングソードを鞘から抜き、火炎球を真っ二つに斬る。

ボフンッと、火炎球が煙となって消えた。

「…………ピュピューイ?」

大きな鳥は警戒したのか威圧的に睨んでくる。俺を敵だと認識したようだ。

な、なんだ? みんなでワイワイ盛りあがりながら食べるモンスターじゃないのか???

すると、大きな鳥は全身に炎をうっすらとまといはじめた。

「ピュピュピュピューイ!」

畏れろ。敬え。ひれ伏すがよい。

そんなふうに佇む鳥に、俺は勘違いに気づく。

「そうか! そういうことだったのか!!」

「ピューイ?」

「無抵抗に食われるだけのモンスターなんているはずがない! あの壁画は『めっちゃ歯向かってくるけどその分、美味しいモンスターだよ』と伝えるためのものなのか!」

「…………ピュ?」

「自ら炎をまとうなんて……最初から加熱済みモンスターなわけか!」

俺の推察が当たったのか、大きな鳥はものすごーーく苛立ったように睨んできて「ピルルルルル」と禍々しく鳴いた。

俺はロングソードを構える。

「食うかヤられるかは野生のさだめ！　こいっ！　美味しそうな鳥！」

「ピュ、ピュ……ピュルルルルルル!!」

ぶっ殺してやると言わんばかりに大きな鳥は鳴いた。

怒った鳥がさらに炎をまとうので大広間が熱気で溶けそうになる。

「せい！　はーっ！」

とりあえずズバシューと斬っておく。

森林火災になったら危ないし、さくっと倒しておこう。

手ごたえはあった。大きな鳥はヨロめいていたのだが。

「なに……？」

「ピュ、ピュ、ピュ」

大きな鳥は『ふっふっふ』みたいに鳴いた。

斬った箇所が炎に包まれて、あっというまに傷が再生する。

大きな鳥は『倒したと思ったか？　哀れな人間め』と言いたげに見下ろしてきた。

「せい！　はーーーーーっ！」

「ピュピュピュ!?」

今度は首を斬ってやる。

だが両断したはずの頭と胴が炎ですぐに繋がって、またも傷が再生した。

「ピューーーーーーーイッ！」

大きな鳥は『お返しだ、馬鹿人間！』とばかりに翼から火炎球を撃ってくる。

俺は斬りふせるが、次々に火炎球が放たれた。

「ピューイ！　ピューイ！　ピュピューイッ！」

「ちぃ!?　残弾はいくらでもありますってか！」

「ピュルル!!!!!!」

「傷が再生するなんて……この鳥まさか!?」

まさか、ガッツのあるモンスター勢だな!?

火炎球を五十個ほど斬ってから俺は唇を噛みしめる。

王都の下水道でもごく稀に湧いたんだよな、倒しても倒しても再生するモンスター。思えば下水道ボスだった魔王分身体も何度か復活してきた。

ガッツのあるモンスター勢はわりと普通なのかも。

世界は広いなーと感じていると、大きな鳥が巨大火球を放とうとしていた。溜め動作で隙だらけだ。

俺は遠慮なく斬りかかる。

「門番……なます斬り！」

胴体を豪快に斬り裂くが、すぐさま炎で再生しはじめる。

大きな鳥は『人間は実に愚かな生き物よのう』と言いたげに俺を見つめていた。

油断しているなあ。対処は楽な部類なのに。

「斬《ざん》！　斬！　斬！　斬！　斬！」

「ピュ!?　ピュ!?　ピュ!?」

ガッツのあるモンスターは根性に自信があるのか防御がザルなんだよな。

おかげでこっちの攻撃がバカスカ当たる。

なので一撃で倒せなければ二撃目、四撃目、八撃目、一六撃目、と致命の一撃をガンガン放つ。

100回蘇ってくるのならば101回倒せばいいだけの話なのだ。

そうして、1000回ほど斬りつけたぐらいで。

「ピュ、ピュルゥゥ…………」

大きな鳥は炎を出し尽くしたようで床にへばっている。

俺はロングソードを鈍く光らせながら、ゆったりと近づいていく。

「再生するってことは、可食部を何度でも食べられるってことだよな？　大昔の人は良い食材を見つけたもんだなー」

こわばっている大きな鳥に、俺は微笑んでやる。

食うかヤられるかの関係だったが、きちんと相手を讃えるつもりでいた。

「みんなで美味しく食べてやるからな。安心してくれ」

「ピュ、ピュ……ピュ————イイイイイイ!!!!!!」

大きな鳥は『食われてなるものか！　こんな世界とはオサラバだ！』と言いたげに鳴いた。

「あっ！　おいっ！」

大きな鳥から炎が巻きあがる。

完全燃焼するようにパチパチと火花を散らし、そうして、虚空へと消えた。

消滅した……生命力が尽きたのかな……。もしかして、特殊な手順を踏まなければ調理できないモンスターだったとか？

壁画に描かれた二人の少女が関係あったのかも。

「まいったな、みんなになんて言おう」

美味しそうな鳥を倒しちゃったなんて、ぬか喜びもいいところか。

このことは胸の内におさめておこう。


神殿をあとにした俺は、みんなと合流する。

それぞれで山菜を見つけてきたが、旅をつづけるには心もとない量だった。

どうしようか話し合い、補給するために主要路へ戻ることにした。

「兄様たちー、こっちは歩きやすいぞー」

森歩きに慣れているメメナ先導で歩いていく。

今日中に森を抜けることができればよいが、ここに来るまで数日は使っている。今夜も野宿かなとは覚悟した。

「ふむ？　水の匂いがするのう」

メメナが聞き耳を立てた。

水の流れる音も聞こえたらしい。水呑みにきた動物の足跡をたどれるとのことで、森のエルフの提案でその場に向かう。

そして小川にたどりつき、俺は思わず叫んだ。

「――畑だ！　畑があるぞ!!」

みずみずしい野菜が小川の近くで生えていた。

立派に育った茎や葉は栄養たっぷりですとアピールしている。真っ赤な実がぶらんぶらんとゆれていて、もぎとってくださいと自己主張が激しすぎだ。

「まさか野菜がこんなところで自生しているなんて！」

「兄様？」

メメナに見つめられて、俺は両頬をバシバシと叩く。

仮にも街の平和を守っていた兵士が、お腹が空いたからって都合よく解釈しすぎだ。

俺は常識的で理性のある大人だと強く自覚する。

「畑があるなら近くに住んでいる人がいるかも。食料を分けてもらおう……ってサクラノ」

「なんでしょう？　師匠」

「……どうしてカタナを抜いているんだ？」

サクラノはカタナを抜き、小さく唸っていた。

いつもの警戒状態だが、さて。

「武装した農民が潜んでいるやもしれません」

「発想が物騒すぎない!?」

「戦火で失われぬよう人の目につかぬ畑を作るのです。彼らは怪しい者に容赦はしません」

サクラノはいたって真剣だ。

倭族は女子供も武装しているって話、もしや自衛意識が強すぎるからなんじゃ……。

俺が口をだす前に、ハミィが言った。

「だ、だめだよ、サクラノちゃん……。畑の持ち主がきたらびっくりしちゃうわ……」

「ハミィ、しかしですね」

「人が立ち寄らない場所に畑なんて、きっと理由が……理由が……」

サクラノをいさめるかと思いきや、ハミィは考えこむ。

そして青ざめた表情でつぶやいた。

「確かに……すごく、怪しいわ……」

「そうでしょうそうでしょう！」

いかん！　ハミィも独自の世界に迷いこみはじめている！

正反対の二人だが案外同じ方角を見るというか、仲はぜんぜん悪くないんだけども！

ハミィは畑に恐る恐る足を踏みいれ、地面を調べはじめた。

「と、とんでもない罠が仕掛けられているかも……」

と言った側からブツンッと糸が切れたような音がする。

瞬間、ハミィの足首にロープがからまって逆さ吊りになった。

「ひゃわ⁉」

逆さ吊りになったハミィの爆乳がゆれる。

ぷるんぷるん上下に大きくはずむ。ぷるんぷるん。ぷるぷるぷるん。

上から見ても下から見ても乳は乳。そんな当たり前の事実に気づかされていく……。

「って、そんな場合じゃない！　ハミィ！　すぐ助ける！」

「ま、待って先輩！　もしかしてハミィの補助魔術を利用した罠かも！　せ、先輩は、ハミィのハミィの……む、胸に釘付けでしょう⁉」

だったらガン見してもおかしくないのか⁉

「⁉　そのとおりだ‼」

「……師匠？」

サクラノのひんやりした声に俺は正気に戻った。

ハミィは低身長爆乳とものすごく目をひく子だ。王都でも視線を集めていたが、彼女は補助魔術が勝手に発動したと思いこんでいる。

訂正すべきか。だけど彼女のコンプレックスになっていたし……ぷるんっ！

魔術にかかってしまったような俺に、サクラノが嘆息吐く。

「ハミィ、すぐに助けますね」

「だ、大丈夫。みんなの足はひっぱらないから……」

「その体勢ではロープをほどきにくいでしょう。カタナで斬りますよ」

「が、がんばれるから……」

遠慮したハミィに、サクラノもためらう表情でいた。

二人の仲をとりもちたいが、俺は俺でぷるるんっに意識が奪われかけている。

そんな俺たちのグダグダを、メメナは苦笑していた。

「三人ともー、そろそろええかー。……むっ？」

メメナが腰の魔導弓に手をやった同時に、どこからか矢が飛んでくる。

矢はカタナを構えていたサクラノに向かうが。

「石礫弾《ストーンショット》！」

ハミィが隠し持っていた石を指で飛ばして、矢を迎撃した。

安堵したハミィに、サクラノはちょっと頬をふくらませる。二人の仲も気になるけど、それよりも矢を放った相手だ！

ガサコソと茂みが動いている。

森の影に隠れるようにして、赤い髪がチラリと見えた。……女の子か？

「待ってくれ！　俺たちは怪しいものじゃない！」

俺がそう訴えると、気の強そうな声がひびいた。

〈――武器を構えていてなによ！　怪しさ丸出しじゃない！〉

そうだね！

俺はロングソードを抜こうとしたが、やめた。

敵意は感じるが、悪い気配は感じない。俺が対話モードに入ったので仲間も従ってくれた。いやサクラノは低く唸ったままだが。

「俺の話を聞いてほしい！」

〈黙れ！　お前みたいなモブっぽい人間は信用できない！　裏がありそう！〉

「だからこそだろう!?」

〈なにがだからこそよ!?〉

ホントどこでもモブ扱いされるなあ。

変なオーラがでているのかと思い悩んでいると、茂みの気配が消える。

真横から矢が飛んできたので、とりあえず素手で掴む。

「俺をよーーーく見てくれ！　どこにでもいそうな普通の人だろう!?」

〈ウ、ウソ？？？〉

茂みの気配がまた消えて、斜め向こうから矢が飛んでくる。

パシッと矢を掴み、すかさずにただの人間アピールだ。

「俺は本当に危害を加えるつもりはない！　ほらっ、怪しさ皆無！」

〈な、なにアイツ!?　なにアイツ!?〉

また気配が消えた。それなりに鍛錬している子みたいだな。

すぐに別方向から矢が飛んでくる。

次の矢が飛んでくるまでに時間差がない。もしかして二人以上いるのかな。それにしては気配が似ているが……とりあえず、矢は掴んでおこう。

「見てくれ！　俺には攻撃の意思なんてない！」

〈な、なにあの人⁉　なにあの人⁉〉

なんだか優しそうな声がした。

俺はサワヤカーな笑みで茂みに近づいていく。矢がひゅんひゅんと飛んできたが、俺はパシパシパシッと掴む。

もうこうなったら、とことん無害アピールだ。

「俺は普通の人間なんだああああああああ‼」

〈〈ひいっ⁉〉〉

俺を怖れるような悲鳴が聞こえた。

なにが悪いのだろうと首を傾げた俺に、メメナが穏やかに告げる。

「兄様ー、矢を掴む男が笑顔で近づいてきたら怖いと思うのじゃー」

なるほど。それならこの矢は投げ捨てておくか。

俺は矢の束を遠投して、木にガガガッと突き刺しておく。勢いあまって木が倒れた。

〈ひいいいいいいっ⁉　ほ、本当になんなのアイツ⁉　人間なの⁉　に、逃げるわよ……って、腰が抜けて……！〉

近くの茂みから声がした。余計に怖がらせたみたいだ。

なんだか盛大に勘違いされたみたいだな。

「あのさ。俺は本当に脅かすつもりはなくて……大丈夫か？」

怖がらせないようにゆーーーーっくりと茂みをかきわけて、笑顔笑顔を意識する。

それが怖かったのか、気の強そうな赤毛の女の子が尻もちをついてアタフタしていた。

「こ、来ないで！　近づいたら殺すから！」

「いや……本当に俺はなにもする気は……」

「い、いやあああ！」

赤毛の女の子は涙目で後ろに下がっていく。

どうすればいいのか大困りしていると、人影がサッと立ちふさがった。

「お、お姉ちゃんに怖いことしないで！　私が身代わりになるから……！」

優しそうな、でも芯の強そうな瞳の子が俺を睨んでくる。

二人は同じ顔、同じ質素な服を着ていた。

「双子の女の子……？」


畑の近くに古い家があり、俺たちはお呼ばれする。

双子の女の子はここで生活しているらしく、生活のあとがあった。

木の棚には漬けた果物やらお手製の矢やらが置かれている。壁には魔方陣が描かれた羊皮紙が貼られているが、魔術の勉強でもしているのだろうか。

生活用品は必要最低限。双子以外に住んでいる人はいなさそうだ。

当の双子は大きめのテーブル前にいる。優しそうな子が笑顔でちょっとボロい椅子を持ってきて、座るようにうながした。

俺たちは座ってから自己紹介すると、気の強そうな子が憮然と言う。

「……アタシはクリスよ」

「私はアリスです。みなさん初めまして、先ほどは失礼しました」

気の強そうな子がクリス。優しそうな子がアリスという名前らしい。

俺が「こっちこそ、誤解を与える真似をして悪かったね」と返すと、アリスはにっこりと微笑んでくれた。クリスは警戒したままだが。

「ふふっ、お客さまは嬉しいね。クリスお姉ちゃん」

「別に。厄介者でしかないわ」

クリスが姉。アリスが妹のようだ。

クリスは会話する気がないようで、代わりにアリスがたずねてくる。

「みなさんは冒険者なんですか？」

「一応、そうなるかな」

「お強いんですね。私、驚いちゃいました」

「俺は王都の兵士だったからね。あれぐらいどうってことないよ」

王都の兵士は手練ればかりだ。

なにせモンスターがめちゃ湧く下水道を管理していたぐらいだし。

「王都の兵士!? クリスお姉ちゃん！ 都会の人、都会の人だよ！」

「や、やめなさいっ、恥ずかしい！」

クリスはいさめたが、アリスはえへーと笑っていた。仲の良い姉妹みたいだ。

それにしても都会の人か。生まれ故郷はド田舎だし王都には数年しか住んでなかったし、なんならモブ扱いだった俺が都会の人かー。ふふっ。

都会の人扱いに内心喜んでいると、ハミィが小さな声でたずねた。

「あ、あのね……。二人はどうしてこんなところに住んでいるの……？」

ハミィはまだ不審に思っているらしい。

確かに不自然ではある。人が寄りつかない場所で二人きりの生活みたいだし、彼女が勘繰るのも仕方ない。いや、サクラノも警戒しているみたいだな。

疑われたからか、クリスが苛立った。

「なんでもいいでしょう！ アンタたちに答える義務がある!?」

「ク、クリスお姉ちゃん……」

クリスのつっけんどんな態度に、アリスは困ったようにオドオドした。

さっきはメメナがとりなしてくれたおかげで畑泥棒の誤解は解けたが、俺たちが怪しいのは変わりないか。それでも露骨に拒絶してくるが。

隠しごとがあるみたいだなと俺が考えこむと、クリスが冷笑する。

「ふんっ……アンタたちさ。早くこの地から逃げないと呪われるわよ」

災厄がこの地にひそんでいる。クリスの瞳がそう語っていた。

昔は大きな鳥をみんなで楽しく食べる場所だったみたいだけど……なにかあるのか？

俺は深く聞こうとしたが、アリスが慌てて説明する。

「わ、私たちはこの地を離れられない理由があるんです。お話しすることはできませんが……決して呪われるようなことは……。み、みなさんはどうしてここに？」

アリスは強引に話題を変えてきた。

話したくないのなら無理には聞かないけどさ。ただ、俺たちの旅も説明し辛いんだよなあ。なにせ真の魔王の痕跡をさがす旅だ。悪戯に不安にはさせたくない。

告げるべきか迷った俺は視線を横にやると、メメナがうなずいた。

「ワシらはな、とある使命を背負って旅をしておる。長い旅になるかは……まあ兄様次第なんじゃが。お主らと同じように他言できるものではないのう」

メメナはある程度、事情を打ちあけた。ところで俺次第ってなに。

柔らかい物腰に、アリスは安心したのか肩の力を抜く。

「そうですか……使命が……」

悪いことしているわけじゃないと感じてくれたようだ。

メメナの人柄なのか話すだけで信頼させるあたり、さすが元族長だ。

あとは俺が言いにくいことを切りだすか。

「それでなんだけどさ、食料をわけてくれないかな？」

「食料ですか？　ここには自前で育てたものしかありませんが……」

「お金は払うし、物々交換でもかまわないよ」

アリスは返答に迷ったのか姉に視線を送る。

クリスは嫌そうな顔をした。

「なんでアンタたちに食料をわけなきゃいけないのよ」

「お金はたくさん払うよ」

「……お金なんかあっても仕方ないし。アタシたちにはもう必要ないもの」

「もう必要ない？」

クリスのひっかかる言い方に俺が眉をひそめる。

失言だったと気づいたのか、少女は気まずそうに目をそらした。

「なんでもない。わかったわよ、好きに持っていけばいいじゃ――」

「そうだっ、お姉ちゃん！　みなさんにお手伝いしてもらいましょうよ！」

アリスの突然の申し出に、クリスがひどく驚いていた。

「ちょ、ちょっとアリス！　アンタなにを言って……！」

「家の修繕とか畑いじりとか！　私たちだけじゃ大変なことをお願いしましょう！」

「お願いするもなにも……」

クリスは口をもごもごと動かすが、妹のほんわかな笑顔に押しきられる。

それを承諾とみなしたか、アリスはほんわか笑顔を俺にも向けてきた。

「ダメ、でしょうか？」

「えーっと……ちょっと予想外すぎたというか……」

俺は仲間の様子をうかがう。

特にサクラノとハミィには『大丈夫か？』と瞳で告げる。さすがにアリスが悪い子じゃないとわかったのか、二人は無言でうなずいた。

「……力仕事は俺がいくらでも手伝うよ」

「ありがとうございます！」

アリスは嬉しそうに笑い。

反して、クリスは感情を殺すように黙っていた。

◆

そして、数日が経った。

「双子の家に、ようこそ！」

双子家前で、俺はひさびさに門番台詞を炸裂させる。

森に、世界に、この青空に、俺という存在が染みわたっていくようだ。

落ち着くなあ。俺はいったい何者か、この『○○に、ようこそ！』に詰まっている。俺はただの門番、それ以上でもそれ以下でもないのだ。

そんな俺の門番っぷりを、サクラノがじーっと見つめていた。

「師匠はなぜ門番を？」

「そこに人が住み、守る者あらば、俺は門番になる」

「師匠は真面目をとおりすぎて、たまに愉快な人になりますよね」

初めてうけたまわる評価だ。だいたい真面目かモブっぽいだしな。まれに天然アホだが。

俺も別に突飛なことをしたかったわけじゃなく、意図があってのことだ。

サクラノの近くにいたアリスが目を輝かせる。

「それが王都流の挨拶なんですね!?」

「王都流かはわからないけど、まあ、俺はこの台詞で飯を食っていたかな……？」

俺はちょっと誇らしげに言った。

都会に憧れているアリスに少しでも王都っぽさを演出したが、さて反応は？

「すごいですー！　すごいですー！　双子の家にようこそー！　えへへー！」

アリスはキャーキャーと騒いだ。

……自尊心、満たされるなあ!!

ここ数日、俺たちは双子の家でお世話になっていた。空き部屋が十分あったのと、しばらく旅つづきだったので休むことにしたのだ。

もちろん家畜の世話や畑の手入れとか家事諸々を手伝っている。

姉のクリスも割りきったのか力仕事を遠慮なく頼んできたので、精一杯手伝った。

その合間、王都の話をしたりした。

とはいっても王都での俺は地味もいいところだし、ちょっと変わった話は下水道でこつこつモンスターを狩っていたぐらい。

なのでサクラノたちに故郷の話題をふったりした。

そのたびにアリスは嬉しそうに話を聞いていたが。

『お姉ちゃんお姉ちゃん！　世界は私たちの知らないことでいっぱいだね！』

『……そーね』

『ねえ、お姉ちゃんはどこに行ってみたい？　ダビン？　パルバリー？　倭国？』

『……どこにも行きたくはないわ』

そう言うわりにクリスの横顔は広い世界に興味を持っているようで、アリスもそれがわかっているのか外の話をよくふっていた。

しかしアリスの本心がよくわからんのだよなーと、目の前の本人に聞いてみる。

「アリスは王都に行きたいとは思わないのか？」

「…………そうですね。私なんかが王都に行ったら笑われちゃいそうですし、ここで慎ましく暮らしているのが性に合っています」

アリスはほんわか笑顔で言った。……返答するまでに少し間があったな。

俺が問いただす前に、少女は誤魔化すようにたずねる。

「サクラノさんは一人でずっと旅をしていたのですよね？」

「む？　そうだな、わたしは武者修行をしていたからな」

「すごいですー！　たった一人でなんて憧れますー！」

「むう……。わたしの場合は集団行動が苦手だったのもあるが……」

アリスの純粋な瞳を前に、サクラノは言いよどんでいた。

狡噛流は強者同士が交わりつづけた一族だ。サクラノは一番血が濃いらしく、血気盛んすぎて同世代の友だちはいなかったと以前にこぼしていた。

と、トゲのある声が背後から投げかけられる。

「――なにサボっているのよ」

クリスだ。

今日もつんつんオーラを放っているが、これでも態度は軟化している。俺たちが無害だとわかるなり、盛大に（特に俺を）こき使っていた。

今日はハミィを連れて、森に伐採へ行っていたようだ。

「アンタたちもハミィを見習いなさい。か弱き乙女が一生懸命に働いているのよ」

「ク、クリスちゃん……。ハミィにはこれぐらいなんでもないから……」

ハミィは大木を肩で担ぎ、ノッシノッシとやってきた。

クリスは稀代の魔術師がパワー型だとわかったようで力仕事を任せるようになっていた。

ハミィが大木をずずーんと置くと、クリスは感心したように言う。

「ハミィの魔術は本当にすごいわね。こんなの本で読んだことないわ」

「ハ、ハミィの魔術は独特だから……。そうそうお見かけしないかも」

「ふーん、世界にはいろんな魔術があるのね……」

クリスは魔術に興味があるのか、ハミィとよくしゃべっている。素直に勘違いしているあたり、まだまだ子供なのだと思う。

アリスもクリスも世間知らずだ。

もしかすればド田舎出身だった俺よりも。

不思議な双子だ。どうして辺鄙な場所にいるのか考えこんでいると、ハミィが大木を素手でもぎ、サクラノに放り投げようとする。

「サクラノちゃんー、いくよー」

「任されましたー」

ぽーいと投げられた木片が、サクラノの剣技によって斬り刻まれる。

バラバラになった木片は、よい感じの薪となって地面に落ちた。

「キャー！　すごいです……！　お二人ともかっこいいです！」

アリスは尊敬のまなざしを二人に送る。

そして無垢すぎる瞳のまま、場の空気を凍らせた。

「サクラノさんとハミィさん、お二人はどちらが強いのですか？」

アリスッ……まあまあ危険な発言を！

俺の見立てでは技がサクラノ、力がハミィ、魔はメメナが優れている。得意不得意や相性もあるので誰が強いかなんて一概に決めることはできないが。

やはりというか、サクラノが戦う気になっていた。

「ハミィ！　では勝負です!!」

「な、なんでサクラノちゃん……!?」

「仕合を求められたならば応える！　それが武人です！」

「ハ、ハミィは魔術師だから……。そ、それにサクラノちゃんにかなうわけないわ……」

さっきまで勇ましく大木を担いでいたのに、ハミィはしなしなになる。

サクラノはサクラノで歯がゆそうにしていた。狡噛流の同胞でもなく、敵でもない。そんな相手とどう接すればいいかわからなそうな表情だ。

ハミィも同世代の友だちは少なかったと言っていたしな……。

ここは俺がお茶を濁しておくか。

「二人には二人の強さと良さがあるよ、アリス」

「す、すみません……。私、余計なことを言ったみたいで……」

「代わりといってはなんだけど俺が出し物をしようか。……見たい？」

「見たいです見たいです！　わーい！」

嬉しそうにしたアリスに、俺は優しく微笑む。

「よーし、今から見せるは門番一世一代の離れ業ー！」

俺は旅芸人っぽく口上してから腕をぐるぐると回して、大木に手のひらを向ける。そして、いかにもスゴイ力を送っているかのようにムムムーと念じた。

みんなの注目がいい感じに集めたところで叫ぶ。

「はい！　斬れました!!!!!!」

パカリと、大木が綺麗に割れる。

割れた大木はさらに薪サイズで細切れになり、地面に散らばった。

手も触れずに大木を斬った俺に、アリスは「すごいです！　すごいです！」と大ハシャギ。クリスも驚いたようで素直に拍手している。ハミィは「先輩の新しい魔術！」と喜んでいた。

よかった！　ウケた！

胸をなで下ろしていた俺に、サクラノが近寄って耳打ちする。

（し、師匠師匠。今のはいったい？）

（今のはな。殺気みたいなのを飛ばしたんだよ）

（殺気みたいなの……ですか？　達人が剣気を飛ばすみたいな？）

（そんな上等なものじゃないぞ。大木に向かって『これから斬るぞ。これから斬るぞ』と念じるだけだって。すると大木が斬られたと思いこんでバラバラになるんだ。ちゃんと種はある）

（手品みたいに言わないでください）

サクラノはもどかしそうにした。

まあ手品だ。同期との宴会でコップに向かって披露したときはウケがわるかったんだよなあ。双子が喜んでくれたのならよかったよかった。

楽しそうな姉妹を見つめていると、森の奥から鳥が羽ばたいてきた。

大空を軽やかに飛ぶ赤い鳥に、アリスは顔を曇らせる。

「……赤い、鳥」

クリスも心苦しそうに顔をそむけていた。

二人の暗い表情に、察しがよい俺は隠しごとに気づいてしまう。

アリスとクリスはきっと……赤い鳥が苦手なんだな……。


そうして深夜。

赤毛の女の子が草木も眠る静かな森をひとしれず歩いている。

家には二度と戻らないと雄弁に語る背中に、俺は呼びかけた。

「……どこに行くんだい？　アリス」

「ふぁ、ふぁぃ！」

アリスはぴーんと背筋を伸ばして、ゆっくりとふりかえってくる。

穏やかな笑みが、あまりにも嘘くさすぎた。

「お、お散歩です」

「こんな深夜にすることじゃないだろう」

俺はできるかぎり優しい声で言った。

双子には隠しごとがあるのはわかる。ただそれ以上に不自然だったアリス。メメナは『アリスの笑顔の裏には、悲愴な覚悟が秘められておる』と教えてくれた。

メメナは贄になる覚悟を決めていた子だ。似た気配を感じたのかもしれない。

「本当に深夜のお散歩です。ちょっと考えごとがあって……」

アリスはかたくなに微笑んでいた。

そんな少女の笑顔をとっぱらうべく、サクラノが木の影からあらわれる。

「机に書置きを残しておいて、深夜のお散歩は無理があろう」

「サクラノさん……それは……」

「読んでおらんが中身はわかるぞ。お前は笑っているようで死地におもむく武人の顔だ」

サクラノは確信を持ったように言った。

言い逃れはできないと察したか、アリスは困ったように微笑む。そして遠い世界に想いはせるように夜空を眺めたあと、俺たちに向きあった。

「私とお姉ちゃんは……神獣の巫女と呼ばれる者です」

「巫女？　その神獣ってのはいったい？」

俺がたずねると、アリスは唇をきゅっと結ぶ。

「神獣カムンクルス。太陽の化身とも呼ばれる存在で……太古の昔からこの地で眠る神獣です」

「神獣と呼ぶわりに恐れているようだけど……」

「神様らしく横暴すぎたのです」

アリスは辛そうに目を伏せた。

「神獣カムンクルスの炎は大地に恵みを与えましたが、同時に支配をもたらしました。元より魔性の存在です。気まぐれで牙を剥くカムンクルスを、人々は恐れておりました」

かなり横暴な神様のようだな。

たまたま人類に利がある存在だから、神の名を冠したのかもしれない。

「神獣カムンクルスの炎の爪痕は、いまだこの地に刻まれているぐらいです……。伝承では『太陽の化身が翼を広げたとき、無限の炎が大地を焼きつくす』と語られています」

ん？　その神獣はもしや鳥なのか？

つい最近、炎をまとった大きな鳥と生存バトルしたけど、まさか……。

「なにより恐ろしいのは、その生命力です。一万回も蘇る生命力は、まさに神の獣でしょう」

それじゃあちがうか。

あの鳥は１０００回ぐらい斬りつけたら音をあげた。伝承に尾ひれはつくものだけど『人類への警告』として話を盛らないだろう。そもそも強くなかったし。

たぶん、この地はガッツのあるモンスターが多いんだな。

「アリスの口ぶりじゃ、大昔の人はそのカムンクルスを倒したようだけど？」

今は眠りについているようだが。

「神獣カムンクルスに仕える王家の一族……といっても防火術が得意なだけなんですが。彼らは神獣の目を逃れながら、一族の血に大防火の封印術を刻みこんだのです」

「つまりそれが……」

「神獣の巫女。神獣カムンクルスを封印する存在です」

きっと、ただの封印術じゃない。

アリスの瞳は痛ましいほど決意に満ちていた。

「大封印術は巫女の生命力を使います。それでも封印は一時的なもの……神獣の魂を散らし、この地に縛りつづけるものです」

アリスの声によどみはない。怖いぐらいに淡々としていた。

「神獣が回生する時期に卵があらわれ、そして一族に赤毛の双子が生まれるのです」

「それが、アリスとクリス……」

「……物心がついたとき、私たちはこの地にいました。お世話役が一人いて……。二人だけで生きる方法や自衛手段、そして一族の使命について教えてくれました」

「逃げようとは思わなかったのか？　自由はあったみたいだし……」

キャラバン商隊とたまに交流しているとも聞いた。神獣を他の者に任せて、少女たちは封印を忘れて旅立つことができたはずだ。

「お世話役もそう言ってくれましたが……」

「その人は？」

「……私たちが成長したのを見届けてからは、この地に訪れておりません。……わかっていたのだと思います。一族の血に刻まれた使命の重さを」

アリスは両腕で自身を抱きしめて、カタカタとふるえた。

「神獣の目覚めが近いとわかるのです！　夜に眠るたびに私の血が教えてくるのです！　魔性が羽ばたく姿！　煉獄の炎が大地をおおう光景！　神の獣には誰も勝てない……!!　巫女の使命は最小限の犠牲です、誰かがやらなければいけません！」

「アリス……」

「未練が残らないように教育もされましたしね……」

そうしてアリスは悟った笑みを見せていたが。

「で、ですが……ですが、お姉ちゃんはちがうんです……」

物わかりが良さそうにしていたアリスが表情を崩す。

これだけは耐えられないのだと、悲痛な顔になった。

「お、お姉ちゃん……外の世界に興味ないフリをするんですが、昔から好奇心旺盛で……！　魔術も独学でずっと勉強していて……！」

アリスはすがるような瞳を向けてくる。

「お、お姉ちゃんを、みなさんの旅に連れて行ってくれませんか!?」

「それでアリスは……君はどうするつもりなんだい?」

「封印術に巫女は二人もいらないんです……! 二人いれば助かる可能性があるだけで……! 私の生命力をすべて使えば、お姉ちゃんはぜったいに助かるんです!」

あまりの必死さに、俺は言葉を失ってしまう。

メメナが気にするわけだ……。この子は自分だけを犠牲にしようとしている。

アリスの気持ちを汲むも、俺はゆっくりと首を横にふった。

「ど、どうしてです!? わ、私にできることがあれば言ってください……!」

「この話さ、一度もクリスとしてないんじゃないか?」

俺が背後に顔を向けると、木に隠れていたクリスがあらわれた。

ハミィとメメナもいる。クリスは彼女たちに背中を支えられながら妹を静かに見つめていた。

「お、お姉ちゃん……」

「アリス……。あんた……」

双子はそれ以上言葉を発しなかった。

どう話せばいいのか。どう向き合うべきなのか。使命に囚われて、二人は一番大事なことから目をそむけていたと気づいたようだった。

そんな二人に、サクラノが言葉を選ぶように言う。

「……心配だと思っているからこそ、きちんと口にしなければいけないぞ」

ハミィもおずおずとつづいた。

「あ、あのね……。自分だけが我慢すればいいとか、そーゆーのよくないと思うの……。大事だからこそ、ちゃんと話すべきだわ……」

サクラノたちはまるで自分事のように語った。

二人の言葉に後押しされてか、クリスが妹に歩みよる。

「アンタ……いつからそんなことを考えていたのよ」

ちょっと怒ったような声色に、アリスがビクッとした。

「お、お姉ちゃんが……魔術を覚えるたびに嬉しそうにしていて……それで……」

「大事な妹を守れる手段が増えたら……嬉しいに決まっているじゃない」

クリスが苦笑すると、アリスは涙目になる。

そしてクリスは悔しそうに、大事そうに、妹を抱きしめた。

「ぜんぜん気づけなくて……ごめんね」

「ち、ちがうの！　お姉ちゃんは悪くない……！　だ、だって、だって……」

アリスは言葉をつづけることができず、ぐじゅぐじゅと泣きはじめた。

クリスは姉の威厳を保とうとしていたのだが、ぽろぽろと泣いている。

お互いを想う双子に、俺は拳を固く握りしめた。

神獣カムンクルス……!!!!!!

お前がどれほどまでに強大な存在かわからない！　だが双子の絆の強さを前には、取るに足らない存在だ！

二人を追いつめたお前を……俺はぜったいに許さない！

いまだ見ぬ神獣に義憤をたぎらせる。

そのときだ。

森がザワついて、妙な声が聞こえた。

〈――ユーリ波動を感知。対象を捕獲します〉

抱き合っていた双子に怪しい影が迫る。

怪しい影は3メートルぐらい縦に伸びたかと思うと、その姿をさらした。

〈ユーリ共同体発見。ユーリ共同体発見。ユーリ共同体発見〉

「!?　ゴーレムだと!?」

鉛色のゴーレムが俺たちの前に突如あらわれた。

ゴーレムは全身泥だらけで表面にヒビも入っている。外見はボロボロだが、全体的にすらりとしたデザインで動きも素早かった。

ゴーレムはすぐさま胸部装甲をひらき、両腕を双子に伸ばす。

〈ユーリ共同体、捕獲します〉

「「きゃあああ!?」」

双子がゴーレム内部に収納される。

ゴーレムは大事そうに胸部装甲を閉じると、まるで興奮したみたいに目を光らせた。

〈少女が想いあう姿。ユーリ波動いい。ユーリ素晴らしい〉

な、なんだこいつ⁉　ユーリってなんだよ⁉

いやそれよりも、これだけ怪しい存在にどうして接近されるまで気づかなかったんだ⁉

俺がロングソードを抜くと同時に、サクラノが駆けた。

「サクラノ！　二人を傷つけるなよ！」

「はい！　ゴーレムの足を狙います！　狡噛流……鎧砕き‼」

サクラノは犬のような低姿勢で疾走して、力強く抜刀する。鋼《はがね》を断ちきりそうなほど重く、素早い斬撃だったが、鉛色のゴーレムはそれ以上に早く動いた。

「⁉　こやつ、早い⁉」

〈敵対行動確認。最上位コマンド『ユーリを邪魔する者は排除』が選択されました〉

鉛色のゴーレムは長い両腕をふりまわす。

風が巻き起こる攻撃をサクラノは紙一重で避けて、ハミィが大ぶりの隙を狙う。

「石散弾《ロックショット》‼」

ハミィは大きめの石を足で粉砕する。

バラバラになった石の欠片が、鉛色のゴーレムの下半身に飛んでいった。点ではなく面攻撃を狙ったのだ。

〈高機動モード移行〉

ギュイイインッと歯車が高速回転したような音がした。

鉛色のゴーレムはあっというまに範囲外に逃れる。そして肩の装甲がバカリとひらく。

〈ミサイルで迎撃します〉

「か、火炎魔術!? きゃっ!?」

長細い筒みたいなものが十数個、肩から射出されてハミィに向かう。

しかし光の矢にすべて撃ち落とされる。

メメナだ。少女は爆風に目を細めながら魔導弓を構えていた。

「あ、ありがとう！ メメナちゃん！」

「なかなか厄介な相手のようじゃな！」

メメナの警戒した声に、サクラノとハミィが表情を引きしめる。

くっ……まあまあ速いゴーレムだ。ゴーレム系は気配を感じとりにくいが、動きが遅いので比較的戦いやすい。だからこそ素早い個体は珍しい。

戦闘が長引けば双子が傷ついてしまうかもしれないぞ。

当のゴーレムは攻撃を止めて、胸部装甲を愛おしそうにさすっていた。

〈ユーリ素晴らしい。人生の宝。ユーリ、それは至高の境地〉

今のところ双子を傷つける気はないみたいだ。

もしかして巫女の力が目的なのか？

「なんでゴーレムが突然……」

「せ、先輩……。ゴーレムは命のない無機物、だからこそ主人の命令こそが生きる目的なの……。主人をなくして命令だけが暴走したゴーレムが世界に何体もいるらしいわ……」

そういえばハミィの故郷には似たような存在がいたな。

「つまり、ゴーレムは優先すべき目的があって二人を捕まえたわけか」

「うん……。あの様子ならすぐには傷つけないと思うわ……」

「……よし！　みんな！　このまま囲みながら距離を詰めよう！」

逃げ回るのならば逃げ道をふさぐだけだ。

じっくりと追いつめて、双子が傷つかないように破壊しようとしたのだが。

〈難敵と認定。任務達成のため、ステルスモード起動します〉

鉛色のゴーレムが背景に溶けこむよう消えはじめる。

そして、あっというまに姿が完全に消えてしまった。

「姿を消す魔術だって⁉」

俺がそう叫ぶと、圧を感じたのでロングソードを構える。

すぐに、重たい打撃がロングソード越しに伝わってきた。

「ぐっ⁉　せいっ！」

反撃したが空ぶってしまう。様子見しているのか二撃目がこない。

姿を消す魔術なんて初めてだ！　いや技術か⁉

気配は……ダメだ。察しにくいゴーレムの気配がさらにうすまっている。目や耳を凝らしても見つけられない。これで俺たちに近づいたのか。世界、広い！

「ふむ、あやつの正体がわかったぞ」

メメナは周囲を警戒しながら言った。

「メメネ！　知っているのか⁉」

「他の族長との話で耳にしたことがある。おそらく古代ゴーレム『ユーリカベー』じゃ」

「古代ゴーレム『ユーリカベー』⁉⁉⁉」

「古代の者は、乙女同士の絆で生じる『ユーリ波動』なる万病に効く力を研究していたらしい。本来ユーリカベーはユーリ波動を感知すると姿を消す。そして壁となって乙女たちを見守る存在らしいのじゃが……」

「その話、どこまで真面目に聞けばいい⁉」

真面目も真面目じゃよーと返された。

うぐぐっ、古代人の悪ふざけみたいな存在が暴走したみたいだ。

ユーリ波動を感知して双子を捕まえたみたいだが、暴走しているのならどこに連れていかれるかわかったもんじゃないな。

俺は改めて気配を探ろうとしたのだが。

「近いっ⁉」

圧を感じたのでロングソードをふるう。

ガインッと腕らしきものを弾いたが、すぐに圧がなくなった。

直前まで全然気配がなかった。音を殺す機能があるみたいだ。

ゴーレム本体の強さはそうでもない。範囲攻撃なら倒せるだろうが双子を傷つけかねない。じっくり気配を探ろうとすると、攻撃をしかけてくるな。

どうする、このままじゃ逃げられる。どうすれば……待てよ？

乙女同士の絆を見守る存在なんだよな……？

俺の直感がピピーンッと働いた。

「サクラノ！　ハミィ！　二人に任せたいことがある！」

二人は真剣な表情でうなずいてくれたので、俺はちょっと申し訳なくなった。

◆

夜の森にふたたび静寂がおとずれる。

異様な気配に虫すら警戒したのか、耳が痛くなるほどの静けさだった。

そんな中、サクラノとハミィが少しひらけた場所で両手を繋いでいる。

「サ、サクラノちゃん……痛くない……？」

「痛くはありませんよ。き、気にするほどでは」

「ハ、ハミィは力加減が苦手だよねってよく言われるから……」

「それはよく言われるでしょうね」

二人はためらいがちに見つめ合い、手をニギニギしていた。

ぎこちない二人を、俺とメメナは少し離れて見守っている。俺は周りを注視しながら索敵に強い少女にたずねた。

「メメナ、ゴーレムの気配は感じるか？」

「……かすかな違和感がある。この場からまだ去っておらんな」

「サクラノたちを監視対象にしたか」

「罠だとわかっていても定められた命令には抗えんようじゃ」

目論見どおりになってホッとする。

ゴーレムがユーリ波動の監視者ならば、乙女同志の絆を前にむざむざ立ち去りはしまい。もっとも罠とはわかっているだろう。だからこそ様子見しているようだ。

ちなみに、なぜ二人なのかといえば。

「サ、サクラノちゃん……。ハミィが相手でごめんね……」

「謝る必要は……」

少し壁のある二人だからこそ、効果があると思ったのだ。

メメナ相手だと仲の良い姉妹感がでてしまう。カップリングの基礎は種族・性格・立場と壁を乗りこえることで輝くものと、王都でお世話になった兵士長から教わった。

完全に理解できたわけではないが、兵士長の言うことなら間違いない。

それに俺たちは仲間だ。二人なら壁を乗りこえられるさ！

俺からの信頼を感じたのか、サクラノは意を決したように口をひらく。

「……ハミィはわたしを仲間だと思っていませんよね」

「え……？　そ、そんなことはないわ……」

「しかし、わたしによく遠慮します。助けは拒むのに……わたしを助けたりも」

「ち、ちがうの……ハミィは、ハミィは……」

ハミィが困ったように首をふる。言い争いになるかと危惧したが、メメナが俺の背中にそっと触れた。見守ってほしいらしい。

すると、サクラノがぽつりと言う。

「……それがハミィの性格だとわかっているのです」

「サクラノちゃん……？」

「ハミィ。わたしの故郷に同胞はいましたが、技を高めるためには必要とあれば殺し合う、そういった関係です。それを否定するわけではありません。ただ……その……」

サクラノは顔を伏せて、珍しく自信なさげな顔をした。

そして顔をあげると勇気をふりしぼるように声をだす。

「……お友だちとの距離感がわからないのです」

「サクラノちゃん……」

「だから遠慮されると不安になります。……どうすればいいのかわからないのです」

サクラノはさみしそうに笑う。

ハミィはせつなげに眉をひそめて、顔を近づけた。

「ハ、ハミィも！　ハミィもお友だちが全然いなくて！　だから嫌われたくなくて……！」

「わたしが嫌うなんて……」

「だって、サクラノちゃんはとってもかっこよくて可愛い女の子だもの……！」

サクラノが頬を赤く染めた。

「わ、わたしが可愛いですか？」

「強くて凜々しくて、でも内面は女の子らしくて可愛いわ！　な、仲良くなりたいのに……ハミィってば臆病で……！」

ハミィは一生懸命に自分の気持ちを伝えようとしている。

たどたどしくてもしっかりと通じたようで、二人は優しく微笑んだ。

「ハミィ……」「サクラノちゃん……」

俺は胸にこみあげるものを感じる。柔らかな羽毛に包《くる》まったように、優しく温かな感情が全身に広がっていく。自然とニヨニヨした笑みになった。

これがユーリ波動なのか？

旅の疲れが癒されていく……確かに万病に効くかもしれない！

これならゴーレムも大満足して隙だらけになるなとメメナに視線を送ったら、妖艶な笑みで返された。え。なんぞ。

「二人共あと一押しじゃー。あと一押し……そう、お色気が必要じゃぞー」

「メメナ!?　お色気が必要なのか!?」

大事なことなので俺はちゃんと聞いた。

「もちろんじゃとも。サクラノー。ここは一発、服をはだけるんじゃー」

本当に、本当にお色気が必要なのか!?!?!?

とは言えなかった。言えるはずがないのだ。

なぜなら双子を確実に助けなければいけない。万全を期するために、お色気は必要なことだ。ものすごく説得力があった。

俺は期待の眼差しを二人に送る。

「うぅ……師匠……。あんまり見ないでくださいね……」

サクラノはハミィから手を離して、耳まで真っ赤になりながら着物をはだけさせる。まっ白い肩があらわになって、形のよい胸がほのかに見えた。

くっ……普段厚着だから肌色率があがると破壊力が……！

恥ずかしそうにする姿がなんというか……！

メメナは満足そうにうなずき、次はハミィに呼びかける。

「ハミィー、ビキニの紐をゆるめたりするんじゃー」

「メメナ！　まだいくのか!?」

だが必要なことならば俺は止めない！　止めないからな!!

俺は拳を痛いぐらいに握りしめて、ハミィにすべてを托す視線を送る。

「ふぇぇ……。クリスちゃんたちを助けるため、助けるため……」

ハミィは羞恥心をこらえながらビキニの紐を少しゆるめた。

ただ、それだけ？　とんでもない！

ビキニと爆乳のあいだに空間ができたことで、ハミィは見えるかもしれないという大いなる可能性を秘めたのだ！　あとボインがボインボインッで……くそうっ、なにも考えられない！

「うむうむ。それから二人で抱き合うんじゃー」

メメナ⁉　君が仲間で本当によかったっ‼

サクラノとハミィは頬を赤らめたまま見つめ合い、儚くて今にも壊れそうなものに触れるよう接近していく。

花を恥じらう乙女が二人、そうして優しく抱きしめ合った。

「サクラノちゃん……あたたかい……」

「ハミィの女性的なところ……すごく、うらやましいです……」

「サクラノちゃんの肌すごくきれい……」

「あ、あまり褒めないでください……」

これが、これこそがユーリ波動‼‼‼

古代人が探究していたもの！　心より理解できた‼

新しい知見を得ていると、メメナがこしょりと告げてくる。

「兄様、精神をとぎすませるんじゃ」

俺は無言でうなずいて、精神を集中させる。

俺の心象世界はユーリ波動に満ちあふれていた。

キャッキャウフフ。キャッキャアハハ。そこには無垢な乙女たちしか存在せず、俺という認知外の存在はただ壁となって見守りつづけ――

「ユーリカベーの気配を感じるじゃろ？」

もちろん、俺はユーリカベーの気配を探っていた。

すぐに存在を感知することができた。

どこで壁になっていれば二人を邪魔せずに見守れるのか、今の俺には手に取るようにわかる。ロングソードを構えて、姿を消したゴーレムに急接近する。

〈ユーリいい。ユーリ素晴らしい。……接近警報!?〉

ユーリカベーは乙女の絆にすっかり夢中になっていたようだ。

一瞬攻撃を躊躇いかけるも、俺はロングソードを闇夜に煌めかせる。

「せやあああああああっ！」

姿なきユーリカベーの手足を正確に両断する。

ダメージを負いすぎて機能が壊れたのか、鉛色のゴーレムがあらわれた。

仲間と力を合わせることで勝機が見えた！

これが、みんなとの………絆の力のハズだあああああああああ！

〈ユーリよかった？〉

空中で胴体だけになったユーリカベーがたずねてくる。

よかったよと俺はうなずく。けれど。

「お前自身が！　ユーリのお邪魔虫となっていたんだよ!!」

機能が暴走していなければ、お互いにわかりあえていたのかもしれない。

立ちふさがる壁として、俺はユーリカベーに手をかざす。

「はい！　斬れちゃいました!!!!!!」

ゴーレムの装甲がバラバラになる。

アリスとクリスが飛び出てきて、ぽすんと地面に落ちた。

二人はしばらく呆然としていたのだが、助かったことがわかると両手をからめ、額をこつんと合わせる。

「……怖かったね、お姉ちゃん」

「……うん、怖かったわ」

「……でもね、お姉ちゃんが側にいるから大丈夫だって思えたよ」

「……そうね、アタシたちは二人で一人。二人でなら……なんだってがんばれるわ」

そうしてアリスとクリスは泣き顔で笑った。

なにものにも変えがたい、尊い絆がここにある。古代の人たちが時を超えて守りたかった絆がそこにあった。

ユーリ波動に散った古代ゴーレム。

泣き笑う双子。恥ずかしそうにしているサクラノとハミィ。

ちょーっとモヤモヤした場の空気。

俺はいろんなものを呑みこみ、月に向かって吠えた。

「神獣カムンクルス！　尊い絆を壊すのならば、俺はお前を許さない！」

「さすが兄様じゃ、強引に話をまとめおったなー」

と、メメナは呑気そうに言った。


そんでもって数日ほどバタバタする。

啖呵をきったはいいが、俺はただの元兵士。

伝承の神獣と戦えるとは思っていないし、王都に援軍を頼もうとした。数百年も経てば人類も成長する。勝てる見込みがあるのではと冷静に判断したからだ。

俺が手紙を書いていると、メメナが止めた。

「本当に復活するか確認してはどうじゃ？　案外滅んでいるかもしれんぞ」

いやいやー、さすがにそれはー。

シーサーペントはまだしも神獣とも呼ぶ存在が勝手に滅ぶなんて、そう思っていた。

しかし確認しに行った双子が、恥ずかしそうに帰ってきた。

「あの……み、みなさん、神獣カムンクルスは滅んでいました……。私たちとの繋がりも消えていて……。世界から完全に消滅したみたいです……」

アリスはすごく申し訳なさそうに言った。

「お、お騒がせしたわね。いろいろと本当にありがとう……」

クリスはそう言い、深々とお辞儀をした。

二人は居たたまれなさそうにしていたが、晴れやかな表情を見られたのなら多少の思い違いなんて笑い話だ。

しかし神獣カムンクルス。生命力が尽きたのか？

一万回も蘇るらしい生命力で大地に恵みと災厄を与える魔性とのことだが、無尽蔵にエネルギーがあるわけじゃないのかもしれない。

だからこそ、古代の人はユーリ波動なんて未知のエネルギーを求めたわけだし。

それとも他の原因かなと考えていると、メメナがこう告げた。

「ようやく使命から解放されたんじゃ。勝手に滅んだが一番じゃろう」

贄になろうと一度は覚悟した少女の言葉に俺は従うことにする。

サクラノとハミィはなにか察したようにうなずいていた。

こうして双子は自由の身になったわけだが。

「兄様。二人がこのまま静かに暮らすのは……ちと難しいな」

神獣が消滅したことでモンスターが寄ってくる可能性があるとのこと。ユーリカベー襲来もそのあたりが原因だとか。

双子はこの地を去るしかなかった。

畑の野菜は収穫できるものを収穫して、家畜は野に放つ。お世話になった双子の家は全員ですみずみまで掃除した。

掃除中、サクラノとハミィが仲良く声かけしているのを耳にする。

「ハミィー、魔術で破壊してもらいたい箇所があるのですがー」

「うんー。ハ、ハミィもサクラノちゃんに手伝ってもらいたいところがあるのー」

二人の空気はずいぶん柔らかくなっていた。

そうして、俺たちは旅立ちの準備を終える。

双子は大きなリュックを背負って、神獣封印の地から旅立った。

道中、少女たちは何度も立ち止まった。

何度も家のあった方角をふりかえり、さみしそうな表情をする。

使命に縛られてはいたが、この地で育ってきたんだ。きっと、少女たちの思い出がたくさん詰まっている。辛いばかりの記憶じゃないはずだ。

双子の強い絆がそうだと俺に教えてくれた。

「二人が大人になったらさ。ここに村を作るのもいいかもね」

俺がそう言うと、双子は明るい表情で「そのときは門番をお願いします」と冗談を返した。

未来の就職先が決まったかもしれない。

二日ほど歩いたあと、俺たちは小さなキャラバンに合流する。

だだっ広い平野。昼間から騒がしい集団がいた。

悪魔族が調合薬を作りつつ楽しそうにおしゃべりしていて、そこにスルがいた。

「だ、旦那！　ひ、ひ、久々だねー！」

スルはひきつった笑顔を向けてきた。

変な表情だな。あー……怪しげな場所を教えたわけだし、心配していたのか？

彼女を安心させるため、これまでの経緯を一対一で話しておく。

「――し、神獣カムンクルスが滅んでいた？」

俺の説明に、スルが口をあんぐりとあけた。

話を呑めこめないのか、何度もまばたきしている。

「ああ、神獣の巫女が封印するまでもなく滅んでいた」

「巫女ってまだいたんだ……。そ、それよりも！　なんで滅んでいたの⁉」

「勝手に？」

「勝手にって……」

「それと封印の地は、モンスターが寄る場所になったから気をつけたほうがいいよ。俺たちもユーリ波動を求めるユーリカベーってゴーレムと戦ってさ。大変だった」

スルはとても理解に苦しむ顔をした。

ユーリカベーもユーリ波動も冗談みたいだよな。そんな顔をしたくなろう。

「ってわけで、俺たちは王都に戻るよ」

「旦那!? 王都に帰っちゃうの!?」

なぜかスルは驚いた。

「一時的にだけど……どうしたんだ？」

「え!? えーっと……旦那たち、探しものがあるみたいだったからさ！ 王都に帰るなんて思わなかったよ！」

「双子の行き先がまだ決まってなくてさ」

真の魔王を探す使命も大事だが、二人のこれからも大事だと俺は思う。

そのアリスとクリスだが、悪魔族の調合を興味深そうに観察している。流浪の一族に苦手意識はないようで、サクラノたちと交えて仲良くしゃべっていた。

当初は教会を訪ねるつもりでいた。

俺たちの旅に付き合わせるわけにもいかないし、二人だけで旅をさせるにも不安がある。もう少し大人になるまで教会で暮らすのがいいと思ったのだ。

クリスもそれで納得していた。

『そうね……。教会でお世話になるのが一番だと思う』

『……お姉ちゃん。私、このまま旅をしたい』

『アリス。アンタ、なにワガママを言っているのよ』

『ワガママだとわかっている。でも……』

教会で暮らすと教会のしきたりに縛られてしまう。それじゃあ前と変わりない。今までぜんぶ諦めていた道が目の前でひらけたのなら、進みたくなったのだ。

けっきょく、アリスが一番外の世界を夢見ていたわけだ。

「生まれてからずっと使命に縛られていたわけだしさ。俺は二人の意思を尊重したい」

関わったからには俺もとことん付き合うつもりだ。

ひとまず王都に戻り、知り合いに相談する気でいた。

と、黙っていたスルが頭をガシガシとかいた。難しそうに眉をひそめ、言い出すべきか心底迷っている。そんな表情だが。

「……旦那、二人と話をさせてもらっていいかな？」

なにかを決心した彼女に俺は静かにうなずく。

スルは双子のもとまで歩いていき、明るく言った。

「やあ双子ちゃん！　うちは悪魔族のスルだよー！」

「……クリスよ」「アリスです」

スルに急に話しかけられて、双子は目を真ん丸とした。

「旦那から事情は聞いたよ、大変だったんだね！　自由になったから旅をしたいって気持ちはわかるけどさ、今すぐは無理があるんじゃないかな？」

「わ、私もお姉ちゃんも魔術を学んでいます！」

「世間慣れしてないでしょ？　世界にいる敵はモンスターだけじゃないんだよ？」

世間知らずを指摘されてアリスは黙ってしまう。

スルはわざとらしい笑顔を作っていた。

「双子ちゃんの一族を探すつもりかな？」

「……アタシたちと一族はもう関係ないわ」

クリスはきっぱりと言った。

「大人になってからでもいいんじゃないかなー？　世界はどこにも逃げないし、なんだったら危険なことはもうしなくてもいいんだよー？」

「「それでも、自分たちの目で世界を見たい」」

双子はこれが正真正銘、素直な気持ちだと同時に告げた。

その答えに、スルは一瞬だけ優しい笑みを見せたが。

「だったらさー。うちら……悪魔族についてくるー？」

すぐ悪そうにニンマリと笑った。

「悪魔族はずっと旅をしなきゃいけない一族だけど……逆に言えば、いろんなところを旅できるわけ。自分のことができるならさ……うちらについてくるのもありじゃない？」

スルは意思を確かめるように、双子の目を見つめていた。

アリスとクリスは、そして、楽しげな悪魔族にきちんと向きあう。

◇◇◇

スルは暗い廊下を歩いていた。

深い深い峡谷に、暗黒神殿は存在する。

底なしの沼地。未踏の大地。法の目が届かない昏き地下。灰色と灰色が重なりあえば、暗黒が生まれる。灰色の地点《グレースポット》のとりわけて濃い場所に魔性は棲みつくのだ。

廊下の両側には魔王の彫像が並んでいる。

いつもなら歩くだけでも畏れ多い場所だが、彼女の表情はいくらか柔らかかった。

(双子ちゃん、あっさりと決めちゃってさ)

アリスとクリスは『面倒はかけない。役に立ってみせる』と力強い笑顔で言ったのだ。

どうして迷いなく決断したのだろう。

双子もキャラバンと交流していたのなら悪魔族の評判は聞いていたはず。楽しくいようがモットーの自分たちに感じるものがあったのかなと、スルは思う。

仲間は可愛い妹ができたと喜んでいたし、しっかりと面倒をみるだろう。

もっとも、双子は箱入りお嬢様ってわけじゃない。強い子たちだ。旅しながら世間を少しずつ知っていけばいい。

そうして、自分たちの道を進めばいいのだ。

(使命から解放されたんだ。それぐらい自由があってもいいよね)

スルは自分の立場とちょっぴりだけ重ねてしまい、双子を羨ましく思った。

長い廊下の暗闇に囚われかけたので息を吐く。

（ふぅ……。旦那、わりと戦える人みたいだね）

門番たちとゴーレムの戦闘は遠くからギリギリ観察できた。

近くで監視したかったのだが、彼らは存外に気配を探るのがうまい。おかげで神獣カムンクルスが滅んだ理由もわからずじまいだった。

（旦那以外の子たちも強いよね。あんなに強ければ名が知れ渡っていてもおかしくないのに）

悪魔族の情報網でも門番パーティーの知名度は低かった。

若いパーティーなのか。まだ知れ渡っていなかったのか。

しかも時間が経つほど話題にされなくなり、特に門番の名や顔が忘れ去られる。当たり前ではあるが、彼の話題だけ奇妙なぐらいに消え去るのだ。

連動するように、彼らの情報がぼんやりした気がする。

彼があまりにモブすぎるからかなと、スルは思った。

（旦那、存在感がなさすぎるしね。こんなに監視が大変な人は初めてだよ）

追跡は、門番の仲間に意識を向ければ大丈夫だと気づいた。

ただサクラノたちに意識を向けすぎると門番のことがおろそかになって、追跡していた理由を忘れかけるが。

（……変な特技）

やはり王都の密偵か。

モブすぎる特徴を活かすにはもってこいの役目だし、とスルは考える。

(そういえば旦那の名前って……？　ちゃんと調べてもらったのに……まあいっか)

スルは名前を忘れてしまったことを不自然に思わなかった。変な特技についてもだ。

むしろこれからどう言い訳すればいいのかで頭がいっぱいになっていた。

ビクビクしながら歩きつづけ、両開きの扉の前に立つ。

「三邪王様、スルがまいりました」

スルは背筋を伸ばして、いかにも従順なしもべの顔をした。ここで少しでもイヤな顔を見せれば、手酷い目にあうのはわかっていたからだ。

扉がゆっくりとひらき、禍々しい瘴気が漏れ広がってくる。

邪王の間では、ローブ姿の三邪王が背もたれの長い椅子に座って待ちかまえていた。

「愛しいスルよ、私たちに伝えたいことがあるそうだね？」

邪王チュウオウがねっとりとささやいた。情報はある程度はもう知っているだろうに、自分の口から言わせたいのだ。

スルは彼らの前でひざまずく。

「神獣カムンクルスが滅びました」

「どうしてだい？」

「……わかりません。例の者は勝手に滅んだと」

場の空気がビリビリとふるえた。

邪王ウォウの殺気が今にも破裂しそうなほどにふくれあがっている。

「スル!!　てめぇはそんなことをわざわざ報告しにきたのかっ!!」

「……申し訳ありません。ですが」

「ですがじゃねえ！　あの神獣が勝手に滅ぶわけねーだろうが!!　奴らのせいに決まっている！　それを調べるのがお前の役目じゃねーのか!!　あんっ!?」

監視が難しすぎたと答えれば、スルは折檻されるだろう。

彼女は頭をふりしぼり、ある可能性を告げた。

「例の者……もしや、勇者ダン＝リューゲル級の戦士ではないのでしょうか？」

密偵なんかじゃなく、闇にひそむ魔性を狩る存在ではないのか。

モブすぎてありえないと思うけど、スルはその可能性を告げた。

「は、はあ!?　バカか！　あんな化け物がそういてたまるかよっ！」

勇者ダンの脅威を思い出したのか、邪王ウォウはたじろいでいた。

邪王チュウオウもスルの言葉を否定する。

「ありえないね。勇者ダンのような力の持ち主がいたのなら、とっくに噂になっているよ。人間共が放っておくわけがないさ。だいたい――」

邪王チュウオウは鼻で笑う。

「ふんっ……神獣が人間の手で滅ぶものか。馬鹿馬鹿しい」

邪王チュウオウは、いやこの場にいる誰もが『例の者が【女神の祝福】により先代勇者と当代勇者の力が合わさり、たいへん馬鹿馬鹿しい存在になっている』とは知らずにいた。

と、邪王サオウが冷たい視線をスルに向ける。

「くひっ……。スル、神獣の巫女は封印の地にいたか……？」

「……今世でも存在しました」

「し、しぶとい一族だ……。その巫女とは接触したか……？」

「はい。神獣との繋がりが消えたと言っておりました」

「なら本当に滅んだんだね……。残念だけれど、くひっ……」

邪王サオウの見切りの早さに、邪王ウオウが大声をあげる。

「サオウ！　神獣が本当に滅んだと思っているのかよ!?」

「くひっ……。神獣の巫女には『血の祝福』が刻まれている……。そ、それによって神獣と深く結びついた一族だ……本能でわかるはず。もし……使命を破る真似をすれば」

邪王サオウがスルに手をかざす。

「こんな目にあう」

瞬間、スルは首を絞めつけられたかのように呼吸ができなくなった。

必死で呼吸するが、ひーすーと消えるような声しかでない。

スルの苦しむ姿に、邪王サオウは唇を歪ませる。

「くひひっ……！　こ、こんなふうに『血の祝福』は子孫にまで影響するんだ……。血に刻まれた使命からは決して逃れることができない……ふひっ！」

「ううっ……」

「み、巫女が使命から逃げようとすれば悪夢を見るはず……。それなのに、なにも影響が出ていないようなら……。神獣は勝手に滅んだんだよ……」

「かはっ………」

「ゆ、勇者ダンの再来なんてありえない。あ、ありえないよ……」

邪王サオウは勇者の脅威を思い出したのかガタガタとふるえた。

そこでスルの呪縛が解ける。

ぜーはーっと懸命に酸素をとりこむ彼女に、邪王サオウは冷酷に告げる。

「スル。奴らを『迷い狂《ぐる》いの町』に誘《いざな》うんだ……」

迷い狂いの町と聞き、スルは思わず顔をあげた。

邪王チュウオウが、実に興味深そうにたずねる。

「サオウ。迷い狂いの町は滅んでいなかったのかい？」

「ふひっ……あの町は僕の特別性だ。そう滅びはしないよぅ……。も、もっとも長らく冬眠状態だったから目覚めさせるのは手間だったけどね……ふひひっ！」

邪王サオウの下卑た笑い声に、邪王ウオウが釣られるように笑った。

「だははっ！　サオウの特別はねちっこいからな！　奴ら、未来永劫苦しむぞ！」

「ふひひっ!!!!!!　あの町は心の隙をつく魔性が支配している……！　どんな強者であっても奴の前には赤子のようなものだよ……！」

スルは顔を伏せて、邪王たちの笑い声を聞いていた。

迷い狂いの町。まだ現存していたなんて。どんなに勇敢な戦士であっても、あの町では正気を保てないとスルは知っていた。

（……あんなにいい人たちが）

だが、自分の口から教えることは許されない。

血の祝福からは決して逃げることができない。

今もその身に教えられたばかりじゃないかと、スルは唇を噛んだ。

「ふひっ、様子見なんてらしくなかった……。僕らしく恐怖の渦に叩きこめばよかったんだよ。ふひひひひっ！」

門番たちの優しげな笑い声が、邪王サオウの醜悪な笑い声に上書きされる。

神獣カムンクルスが勝手に滅びる。そんな幸運は二度もつづかないだろう。

彼らはもう二度と笑うことはない。迷い狂いの町には心の隙をつく恐るべき魔性が棲みついているのだから。

せめて託された双子が立派に成長するまで面倒を見ようと、スルは心に誓った。

二章　ただの門番、怪奇の町だと気づかない

「せ、先輩……誰かいた？」

「いや、こっちの家にも誰もいなかったよ」

俺とハミィは、奇妙な町を歩いていた。

うっすらと霧がかかるレンガ造りの町で、ちょっとした村よりは大きい。

もう昼だというのに霧はいっこうに晴れず、夜明けのようなうす暗さだ。町の通りはよく舗装されていて、街灯が等間隔に並べられていた。

奇妙なことに人がどこにもいなかった。

「うーん、廃墟ってわけでもなさそうだが……」

人がいなければ町はゆるやかに滅びるものだ。

しかし、人の手が入ったように整備されている。人だけがごっそりと消えてしまい、まるで時間だけが止まったようような。

しかもこの町、草原にポツンとあったのだから奇妙すぎる。

ちなみにスルから教えられた。

双子と別れて幾日。西へ向かっていた俺たちは彼女にばったりと出くわした。

『悪魔族の情報網にひっかかってさ！』

草原にいきなり町があらわれたと、スルは強張った笑顔で言った。

そんなことあるのと思ったが、この町の異様さならありえそうだな。スルも異質な気配を感じていたのか辛そうに笑っていたし。まあ作り笑いの多い子だが。

と、ハミィがきょどりながら話しかけてくる。

「せ、先輩……。こ、この町、王都ぐらい発展しているわね……」

「だな。もしかしたら王都よりも……」

町は不気味なぐらい整然としていた。

通りの街灯はキッチリ測ったように並んでいる。民家も色からデザインにいたるまで規格が統一されているようだし、同じ人間が作ったみたいだ。

なんというか箱庭だ。

とんでもなく神経質な人間が町のすべてを作ったような場所だった。

そのせいか人の温もりが感じられなくて、ゾクリと悪寒がはしる。

「先輩……。ハ、ハミィ、子供の頃にある噂を聞いたことがあるわ……」

「噂？」

「その町はね、人間を捕まえちゃう町なの……」

ハミィはいつになく青ざめた表情だ。

「人間を捕まえるって……なんだか町が生きているみたいだな」

「う、うん、町には意思が宿っていてね……。町を大きくするために人間を迷わせて、永久に閉じこめちゃうんだって……」

「……その町の名前は？」

「え、えっと……迷い…………なんとかって町」

ハミィは肝心の名前が言えなくて申し訳なさそうにした。

子供をしつけるための怖い話ってわけでもなさそうだな。むしろ旅人への忠告みたいな話だ。獣人の町は流れ者が多いし、ただの噂話だと一笑しないほうがいいか。

肩をふるわせていたハミィに、俺はあっけらかんに言う。

「噂が本当かはわからないけど、この町については説明できるよ」

「ほ、ほんと？　急にあらわれた理由も？」

「ああ、学術的にね」

学術的。とっさに使った言葉だが、とても賢そうな言葉だ。

これから積極的に使っていこうと考えつつ、俺は説明する。

「この町は大戦時のものかもしれない」

「300年前の勇者と魔王の大戦？？？」

「うん。高度に発展した古代文明があったのはハミィも知っているだろう？」

ちょっと前に遭遇したユーリカベーがよい例だ。

古代文明の遺産は現代でも解析不可能な技術が多い。なんでも超機械文明だったとか。よくわからないが、超すごい文明なのだと思う。

「え、ええ……。ハミィの故郷でも古代遺産が発掘されると学者が集まったりするわ」

「大戦時にさ、その古代遺産がかなり残っていたようなんだ」

「そうなの？　は、初耳だわ」

まあ小説の知識だ。古代遺産をからめた冒険物は超展開なんでもありで好きなんだ。

俺はしたり顔で言う。

「原理はわからなくても戦闘には便利だろ？　つまり――」

「つまり大戦で惜しみなく古代遺産を使ってしまい、ほぼ失われてしまった……。ただ古代遺産を利用して当時に作られたものがある。この町が隠れていたのは古代技術の可能性がある。……そういうわけなのね！　先輩！」

「……ああっ、学術的にね！」

ハミィは俺が丁寧に教えるまでもなく理解した。

勤勉だし、知識に対する姿勢はまさしく魔術師だ。思いこみが強いだけで。

「じゃ、じゃあ、この町は怪しい術とかで作られたんじゃないのね……」

「だね」

正直、自信はない。ただハミィの不安は消えたみたいだ。

でもまあ町が古代遺産ってのは良い線いっていると思う。

町並みは古すぎず新しすぎず、本当に３００年前の物みたいだ。大戦で文化がかなり後退したとも聞くし、景観は今とそう変わりないだろう。

「先輩、どうする？　まだ調査をつづける？」

「ぶっちゃけ俺の手にあまる状況だしなあ」

大異変だが、急にあらわれた町なんてどうすることもできない。

一度メメナ・サクラノ組と合流するか。探知が得意なメメナなら、なにか気づいているかもしれない。王都に連絡するのはそのあとだ。

俺はハミィにそう告げようとしたが。

「――た、助けてください!!!!!!」

女の叫び声が聞こえ、民家の扉が勢いよくひらいた。

金髪の若い女があらわれて、必死の形相で俺たちに駆けてくる。

「せ、先輩!?」

「ハミィ！　気をつけるんだ！」

駆けてきた金髪の女はすがるように手を伸ばしてきた。

「死者が！　死者がこの町を支配して……！　旅の人、どうかお助けください！」

俺はロングソードを抜き、切っ先を金髪の女に向ける。

「ひっ!?　な、なにを!?」

「お前は何者だ？　よからぬ気配を感じるぞ」

なんてーか彼女から『邪悪な者でございますよオーラ』を感じた。

探知精度は優れているわけじゃないが、邪悪オーラをまとった奴が訳アリな感じで近づいてくるのはさすがに警戒する。

俺の真剣な表情に、ハミィは周囲で使えそうな魔術（武器）を目で探しはじめていた。

「わ、私はただの町民です！」

「怪しい町で自分をただのなんて言う奴は信用できない。猿芝居はやめろ」

でなければ斬るぞと睨みつける。

俺の剣呑な態度に、金髪の女は妖しげに微笑む。

『ふひひっ……』

しゃがれた声で笑うので、俺はすぐにロングソードをふるう。

しかし金髪の女は踊るように避けた。

『あらあら、怖いです。……なーんてな！』

金髪の女の体がだんだんと崩れていく。服がすとんと地面に落ちて、そして紫色の煙が空中に広がった。

『ふーひひひっ！　あのままオレ様に騙されていればいいものを！』

紫色の煙の声が通りにひびく。魔を帯びたような独特な声だ。

こいつ、実体なしなし系モンスターか！

「この町の異変はお前の仕業か！」

『さあ？　オレ様かもしれないし、そうじゃないかもしれない。気になるか？　気になるだろう。ふひひひ……なあ、どう思う？』

「せやあああああ！」

とりあえず、怪しさしかないので斬っておいた。

『ひぎゃあああっ⁉　オ、オレ様に傷を与えただと⁉』

むっ、手ごたえはあったのに平気そうだな？

煙状のせいか、位置がわかりづらくて斬撃が浅めになったか。

紫色の煙は苛立ったように空中を漂い、俺を怒鳴りつける。

『会話中に斬りつける奴がいるか！　恐怖演出を大事にしろや！』

「答える気配がなさそうだったし……」

『もったいぶって話す奴がいたら付き合ってみるのが人情だろうが‼』

モンスターに人情を問われた。ありえん。

俺が不服に思っていると、紫色の煙はさらにグチグチ言ってくる。

『だいたいよ、初手で正体を見破るってのもなっちゃいねぇ……。恐怖への心構えが全然できてないぜ。最近の人間はこうなのか？　……ったくよぅ』

もう攻撃してもいいかなーと思っていると、ハミィが街灯をひっこぬく。

そして紫色の煙に向かい、ぶおんっと槍のように投げつけた。

「重撃魔術《ヘビイアタック》！」

飛んでいった街灯は紫色の煙を貫通する。

『うぉい⁉　だからいきなり攻撃するなよ⁉』

「先輩！　ハ、ハミィの魔術が効かないわ⁉」

『今のが魔術だぁ⁉　ってか町を壊すな！　まず会話だろう普通よぅ⁉』

紫色の煙に叱られてしまい、俺たちはしゅんとなる。

俺たちが大人しくなったのを見計らって、奴は待っていましたと高笑いした。

『ひーーっひひひひ！　無駄無駄！　オレ様を傷つけることは……いや、できるみたいだが。基本は傷つけることはできないんだぜ！　くぅー……しまらねえ台詞だなあ』

「ハミィ、もし無形系が苦手なら一旦袋で集めるのもありだぞ」

「な、なるほど……。捕まえるだけ捕まえておくわけね」

『聞けよ‼　チッ、お前たちを苦しめてから名乗ろうと決めていたが……もういい！』

紫色の煙はおどろおどろしい声で名乗りをあげる。

『オレ様の名はヴィゼオール‼　死を司《つかさど》る魔性だ！』

「せいやあああああああ！」

『ぎゃあああああああああ⁉』

むむむっ？

今度は深く斬ったはずなのにやっぱり手応えが変だ。

どうしたことかと思ったら、ヴィゼオールは町中から紫色の煙を集めて再生していた。

またガッツのあるモンスターかあ。多いな。ガッツ勢。

『お、お前ら……！　オレ様でなければ死んでいたぞ⁉』

「死んでほしかったんだが」

『そんなことを面と向かってよく言えるな⁉　それでも人間か⁉』

「……うん、まあ、はい」

『だいたいオレ様は正面きって戦うキャラじゃないのだ！』

「……じゃあ普段はどう戦っているんだよ」

俺は仕方なしに聞いた。

『そうそう、相手の話を聞いてみる姿勢は大事だぞ！　いいか？　オレ様は心の隙を突くのを得意としている。人間に底知れぬ恐怖を与える魔性……それがオレ様なのだ！』

死を司る魔性ね。魔性はモンスターとはちょっと違うんだっけな。

かなり邪悪な存在みたいだが、魔王分身体より圧倒的に格下だよな。圧がない。ハミィも特にひるまず、隙あらば力の魔術で攻撃するつもりでいるし。

異変の原因なら問答無用で倒したいが、常識がないだのと文句を言われそうだ。

「つまり、どういう恐怖を与えるわけで？」

『ふひひっ！　こうするのさ‼‼‼　出てこい！　死者ども！』

ヴィゼオールが叫ぶと民家の扉がバタバタとひらいていく。

すると、どこに隠れていたのか町人があらわれた。
十、二十、三十人と忍び寄るようにやってくる。様子がおかしいぞ。
彼らの肌は青白いし、頬はこけている。髪は水分を失ったかのようにチリチリだ。目には生気がないし、その足取りもおぼつかない。

だらしなく口をあけ、苦しそうに呻いていた。

「うーあー……」「あーうー……」「うー……」

まさか死霊系モンスターの群れか⁉

俺はロングソードを構えたのだが。

『待て‼　問答無用で攻撃しようとするな！』

「また⁉　いい加減面倒になってきたんだけど！」

『段取りがあるんだよ‼　面倒とか言うんじゃねぇよ！』

付き合う道理はないが、うるさそうだしなあ。

『いいか！　奴らはただの死者ではない！　オレ様に囚われた哀れな犠牲者なのだ！　お前は無辜《むこ》の人間を傷つけることができるのか？　くひひっ！』

「お前を直接攻撃すればいいわけだな？」

『待て！　待て！　ホント待てっ‼』

ヴィゼオールは煙をわちゃわちゃさせて焦っていた。

だんだんと青白い人たちが俺たちに群がりはじめる。奴の犠牲者ならば確かに問答無用で攻撃しにくいが……。

「せ、先輩……。ハミィ、どうすれば……」

ハミィも同情したのか攻撃できずにいた。

ヴィゼオールは彼らを盾にしながら戦う気だな？

「お前の段取りとやらで状況が悪くなったじゃないか!!」

『当たり前だろうが!?　詐欺みたいに言うんじゃねえよ！』

もうさっくり倒すかと思ったそのときだ。

「きゃっ!?」

ハミィは青白い女に腕をガシガシ噛まれ、慌てて引きはがしていた。

それを見たヴィゼオールがここぞとばかりに笑う。

『ふひひ！　噛まれたな!?　こいつらはゾンビ！　噛んだ者を仲間にする恐怖の存在だ!!　これでお前も仲間入りだああああ！』

「ゾンビだって!?」

ゾンビが登場する小説は何度か読んだことがある！

感染力が強く、平和な村がゾンビだらけになるパニック物は王都でも人気だ！

じゃなくて、ハミィの容体は!?

ヴィゼオールの高笑いがひびく中、ハミィは呆然と立っていた。

「？　どうしたの？　先輩」

ハミィは目をぱちくりとさせて、あどけない顔でいる。

俺も、ゾンビも、変化のない彼女に戸惑っていた。

「どうしたって……。ゾンビに噛まれたわけで……」

「やだなあ先輩、ゾンビなんていないわよ」

ハミィはおかしそうに言った。

え。そうなの？

「ゾンビ、いないのか？」

「先輩。あのね、ゾンビは空想上のモンスターなの。死霊系モンスターを面白おかしく作劇しただけで存在しないわ。普通は死後硬直で動けないもの」

「いないんだ。ゾンビ」

「獣人の教義でもゾンビはいないとされているわ」

ハミィは自信満々に言いきった。

彼女の勘違いなんじゃと思った。

しかし噛まれてゾンビ化していないわけだし、いくら思いこみが強いからってゾンビ化を防ぐなんて普通できない……さすがにできないよな？？？

ゾンビってのは、ヴィゼオールのハッタリか？

死を司るだの言って『オレ様めちゃ極悪ですよ』オーラをかもしているが、魔王分身体の圧に比べたらゆるゆるもいいところ。どこまで本当やらだ。

俺たちをビビらせたかっただけなのかも。

「じゃあゾンビじゃないのか」

『じゃあ!?　ゾンビだってーの!?!?!?　なにを根拠に言ってんだ！』

「……学術的に？」

『なーーーにが学術的にだ！　頭悪そうな返しをしやがって！　なんだこいつら！　心は隙だらけなのに動じない……ああっ、アホなんだな!?』

段取りとやらに付き合ってあげたのにアホ扱いか。

もういい。滅ぼそう。

俺はロングソードをじゃきりと構える。

『ま、待て！　オレ様を倒せば死者どもが地獄の苦しみを味わうぞ!?!?!?』

「女に擬態だの死を司るだのゾンビだの、嘘つきの言葉を信じられるかよ」

『地獄の苦しみは嘘だがさあっ！　……あっ』

語るに落ちたな。

俺は青白い人たちを飛び越えて、ズバシューと斬りにかかる。

「せいやあああああ！」

『うぎゃあああああ！　く、くそう……恐怖たっぷりの段取りがあったのに……。段取り……ちゃんと段取りさえ……』

大ダメージを負ったのか　ヴィゼオールは段取り段取りと言いながら消滅する。

奴の支配が解《と》けたようで　集まっていた青白い人たちは「うーあー」と呻きながら、それぞれの家に戻っていった。

ハミィが噛まれた箇所をさすりながら歩みよってくる。

「先輩。けっきょくあの人たちは何者なのかしら……？」

「わからない。ゾンビじゃないのは確かみたいだが……」

「そうね。ゾンビじゃないのは確かだわ……」

ゾンビ以外の何者かは確かだった。


次の日の朝。俺はベッドで目覚める。

個室の窓には水滴がはりついていた。うすい霧はまだ晴れていないようで、あいかわらず時間帯がよくわからない明るさだ。

ベッドを這いずるように起きて、大きく背伸びする。

「さーて、身支度を整えるか」

俺たちは奇妙な町の宿に泊まっていた。

町は清掃が行き届いているのかどこも状態がよく、せっかくなので大きめの宿を利用していた。

オンボロ鎧と剣を装備して、腰カバンを身に着ける。

それから洗面台で顔を洗おうとした。

「水道が使えるなんて……誰が整備しているんだろ？」

インフラ専任の魔術師はいるが、町を管理するほどになると大組織になる。だけど魔術師の集団なんて見ていない。やはり古代遺産の町なのだ。

と、蛇口から流れる水が血みたいに赤く染まる。

排水管が錆びていたのか？

仕方ないので髪だけ整えようとしたが、鏡の中の俺がニマーと笑って見せた。

「すっげー、鏡の俺が笑ってるよ。どんな技術なんだ？」

感心していると、鏡の中の俺が『ちがうちがう！』と言いたげに首をふった。

「俺の言葉に反応しているみたいだ……王都でもこんなサービスないぞ。昔の人はすごいなー」

鏡の中の俺は歯を食いしばって、バンバンと鏡を叩いてきた。

「ははっ、ちゃんと楽しめてるよ。ありがとう」

こんなふうに、宿は客を楽しませる仕掛けがいっぱいだった。

ハミィとも相談したが、ここは古代遺産の町に間違いないと思う。

古代技術が使われているのなら、今みたいな未知の現象が起きてもおかしくない。妙な存在が棲みついていたようだが、今はもう倒したので脅威はない。

ひとまず、みんなと合流すべく廊下に出る。

ゾンビっぽい男が歩いてきたので挨拶した。

「おはようございます」

「あーうー……」

ゾンビっぽい男は足をひきずりながら俺の側を通りすぎていった。

昨日みたく襲いかかってはこない。支配は解けているみたいだが。

今はなにかしらの古代遺産のせいで意識がぼんやりしているようだ。

「あ……。先輩、おはよう」

ハミィが部屋から出てきて、優しい笑顔で挨拶した。

「おはようハミィ、昨晩はよく眠れた？」

「う、うん……。寝ているときに誰かがお腹に乗っているような重さを感じたけど……。逆にちょうどよくて。今朝もバンバンと窓を叩く音のおかげで快適に目覚めたわ」

「へー、俺の部屋とはちがう仕掛けだなあ」

「古代遺産を使ったサービスなのかしら？」

「まだ機能が生きているみたいだな」

古代の人たちすごいねーと俺たちはホンワカした。

「先輩、古代遺産の解明が最優先かしら？」

「だな。町を脱出できない原因はなにかしらの古代遺産が関係しているはずだ」

「なにかしらの古代遺産……どう『なにかしら』なのか調べないとね」

ハミィと俺はうなずきあう。

俺たちは、この町から脱出できなくなっていた。

町の境目に向かうと途端に霧が濃くなり、歩けど歩けど町の入り口に戻ってしまう。

魔術みたいな不可思議な現象。

そう、古代遺産のせいだろう。

ここは古代遺産の町で間違いない。ヴィゼオールは死がどうのこうの言っていたが、魔王分身体より弱い存在が大掛かりな術を使えるわけがないのだ。

きっと、古代技術を己の魔術に見せかけていたのだろうな。

「なあハミィ。今回はたぶん、力任せじゃ解決できない。頭を使った戦いになるぞ」

「う、うん……。仲間を知識で支えるのが魔術師の役目。ハミィがんばるね……！」

ハミィは魔術師（物理）だが知識がないわけではない。

魔術的なアプローチでわかることもあるだろう。俺も俺で小説から学んだエンタメ知識でこの謎に対処するつもりだ。

「学術的に解明していこう！」

ひとまずゾンビっぽい男がまた歩いてきたので、二人して「おはようございますー」と挨拶はしておいた。

挨拶はとても大事だ。


食堂にやってくると、サクラノとメメナがすでにテーブルに着席していた。

あまり眠れなかったのか、二人共なんだか難しい表情だ。

二人に挨拶してから俺たちもテーブルに座る。

するとウエイトレスが気だるそうに歩いてきたので、軽く手をあげた。

「すいません、水をお願いしていいですか？」

「う――……」

ウエイトレスは俺たちを無視して、食堂の奥に引っこんでしまった。

俺は手をゆっくりと下ろす。

「反応なしか……。もしかしてセルフサービスだったのかな……」

「師匠、屍人《ゾンビ》だからでは？」

サクラノが『では？』『では？』と瞳で訴えてきた。

俺はやんわりと告げる。

「っぽいだけで、ゾンビではないよ」

「ゾンビなのでは？」

「今は国際色豊かな時代なんだ。っぽい人もいるかもしれない。自分とはちがうからといって簡単に決めつけるのは控えよう」

このへんの感性は王都で養われた。

王都は他種族との交流をかねた都だからか、他種族とたまに接することがあった。容姿や考え方のちがう相手には最初驚かされて、そうして学ばされたものだ。

世の中にはいろんな人がいるもんだなあ、と。

「それにさ。なにかしらの古代遺産が機能しているみたいだしさ」

人間の意識に影響を与えるものだと思う。ただちに影響はなさそうだが。

ゾンビだと疑うサクラノに、ハミィが笑顔で告げる。

「サクラノちゃん。ゾ、ゾンビはね、空想上のモンスターなんだよ」

サクラノはむぐぐーと顔をしかめる。

それから沈黙していたメメナにごにょごにょと小声で会話した。

「メメナ……ゾンビですよね？」

「ゾンビじゃな……」

「訂正しないんです……？　怪奇現象も起きていますし……」

「町全体にかけられた術は、人の陰気に働くものみたいじゃしのう……。能天気でいたほうが都合がいい……。町を支配していた魔性は倒したみたいじゃが……」

「わかりました……。では、しばらくこのままで……」

二人の会話は終わったようだ。

サクラノは一切合切まるっと呑みこむような表情で言う。

「……師匠、彼らはゾンビっぽい人たちです！」

「うん、あくまでゾンビっぽい人たちだ」

食堂の窓からは町の通りが見える。

ゾンビっぽい人たちが「うー……あー……」とのんびりお散歩していた。うつろな表情なのは古代遺産によって意識があいまいなのだろう。それ以外は平和なものだ。

と、なにを思ったのかメメナがニマニマしながら言う。

「兄様。サクラノはな、一人で寝るのが怖いんじゃよー」

「ふぇ⁉ し、師匠！ ち、ちがいます！ ちがいますからね⁉」

サクラノは頬を染めながら首を横にふった。

宿は楽しい仕掛けでいっぱいなのに寝るのが怖いってなんだ。町から脱出できないのが不安……いや、サクラノなら戦いがなさそうで不安なのかもしれない。

「……ぐっすり寝れるよう、あとで久々に鍛錬しようか？」

「えっ⁉ 本当ですか！」

サクラノはやったーと嬉しそうにした。

ひとまず町の異変を調べるために腹ごしらえだな。

腰カバンから携帯食料をとりだそうとしたのだが。

クスクス、クスクスと、妙な笑い声が聞こえた。

「誰だ⁉」

俺が視線を向けると、黒ずくめの少女がいつのまにか隣のテーブルに座っていた。

長い黒髪でこれまた真っ黒な服を着た少女は儚げに微笑む。

「お可哀そうに、貴方たちもう死んでいますわよ……？」

突如あらわれたミステリアスな少女。

儚げな笑みを浮かべたまま、俺たちを憐れむように見つめている。

「みんなが騒がしいと思ったら、お客様が迷いこんでいたのね……何年ぶりかしら？ 一年、十年、もしかしたら数百年……？　死者の眠る町がまた目覚めるなんてね……」

少女は事情通っぽく語る。

そして席を立ちあがり、優雅にお辞儀した。

「朕《ちん》めは、死出の旅先案内人ココリコ……以後お見知りおきくださいませ……」

ココリコと名乗った少女から邪悪な気配は感じない。昨日みたいに人間に化けている、ということはなさそうだ。

俺が少女と会話するよと仲間に視線をやり、それからココリコにたずねる。

「この町に詳しいみたいだけど、えっと、死出の旅先案内人？」

「ええ……。死に囚われ、死が拒絶される……悲劇の町の案内人ですわ……」

仰々しい物言いだが、なにか勘違いしているのはわかった。

「俺たちは死んでないぞ」

「大勢の死者が目覚めています。ならば貴方たちはもう死んでいますわ……。最初は戸惑うかもしれませんが……朕がこの町の過ごし方を教えてあげましょう……」

「俺たちは別に死んでないぞ」

「……胸に手を当ててくださいませ。……ほら、死んだときの記憶がよみがえって」

「よみがえってこないんだが」

俺があんまりにもキッパリ言ったので、ココリコは困ったように頬をふくらませた。

「……なかなか、かたくななな人ね」

俺たちが死んでいてほしいのだろうか。

騙しているようには見えないが、本当に死んだときの記憶なんてないしな。

「そうですか……。あまりにも恐ろしい記憶で思い出せないのでしょう……」

「この町には普通にやってきたぞ」

「もし生者なら、あの者がゆっくりと時間をかけて死に侵《おか》すはずなので……」

「あの者ってのは？」

ココリコは恐怖におびえる瞳をした。

口に出すのも恐ろしい、そんなふうにして少女は語る。

「この町は死を司る魔性が支配しております……。町にいる冷たき死をうばわれた者たち……。彼らが貴方たちの行く末なのでございます……」

「君は大丈夫そうだけど？」

「死を司る魔性に案内人の役目を与えられているのです……。あの者は人間が死を受けいれるまでの時間を楽しみます……。朕は命じられるまま彼らを見守ってきました……」

悲しげなココリコに、俺は頭をかきながら告げた。

「ヴィゼオールとかいう奴だろ？　倒したよ」

「ええ、死を司る魔性……その名はヴィゼオールを……倒した？」

ココリコは視線を何度も上下にゆらした。

「倒したよ」

「うそん！」

「嘘じゃない。紫色の煙っぽい奴だろ？」

「で、でも！　煙に攻撃が通じるわけないじゃないの！　だって煙よ!?」

ココリコはミステリアスな雰囲気をとっぱらって叫んだ。

えらい印象が変わったな。素は明るい性格なのだろうか。

「無形系の倒し方にはコツがあるんだ。仲間のサクラノだってカタナで斬れる」

サクラノは得意げにうなずいた。

俺の説明にココリコは「うそんうそん」と繰り返しつぶやいている。

無形斬りは慣れが必要かもしれないが、そうじゃなくてもヴィゼオールは弱かった。元兵士、それもただの門番にあっさりやられるぐらいに。

死を司る魔性なんてたいそうな存在ではなかったぞ。

この子、もしかして。

「君さ……騙されていたんじゃないかな」

ショックを与えないようにやんわりと言った。

ココリコは瞳をまばたかせたあと、ミステリアスな笑みをひきつらせる。

「ち、朕が騙されていたですって……？」

「死を司る魔性なんて嘘っぱちだよ。すごく弱かったし」

「それは貴方が強すぎたのではなくて……？」

「俺は元兵士、それも下っ端の下っ端。ただの門番だよ」

「た、確かにモブっぽいですけどぉ……」

ココリコは俺の仲間にすがるような視線を送る。

仲間の三人はしばらく考えるような表情をしたあと、メメナが「…………嘘は言っておらんな。嘘は」と答えた。

ココリコは動揺したのか、口をあわあわと動かす。

「そんな！　ここぞこそ隠れながらテーブルに座って、せっかくミステリアスに登場したのに！　朕がただのバカになるじゃない！」

登場シーン、こだわっていたのか……。

その行動自体がアレではないかと言いたいが、今は彼女にわかってもらおう。

「奴は古代遺産を利用していただけの雑魚だよ」

「こ、古代遺産!?　それじゃあ町のみんな……死者《ゾンビ》たちは!?」

「ゾンビっぽいだけでゾンビじゃない」

「っぽいならゾンビではなくて!?!?!?」

かなり動揺しているな。

今まで信じていたことが根底から崩されたんだ。当たり前か……。

ヴィゼオールが古代遺産で強敵っぽく見せていたこと、学術的に説明しよう。

「まず前提として奴はひどい嘘つきだった。ゾンビゾンビだと言いはっていたが、まったくもって信用できない。恐怖を煽っていた点も見過ごせないな。つまりさ、奴は古代技術を恐怖っぽく見せつけていただけなんだよ」

「本物のゾンビですってば」

「仲間のハミィが噛まれてもゾンビ化しなかったんだ」

ハミィはピースサインしていた。

「ココリコちゃん。あのね、ゾンビは空想上のモンスターなんだよ」

思いこみの強いハミィだが、さすがに思いこみでゾンビ化を防いだなんてありえない。

……ありえないよな？

ありえないと思う。さすがに。だよな？

釈然としていないココリコに、俺は言う。

「町の人たちの症状はなにかしらの古代遺産が使われたんだ。そしてなにより昔の技術だからね、誤作動もする。今ぼんやり歩いているのは誤作動が原因だろう」

「推論が飛んでいません？」

「古代の技術はすごいからね。なんでも説明できる」

古代ゴーレム『ユーリカベー』を創るぐらいだ。

古代の人は魔術のような超技術をたくさん持っていたにちがいない。

「あのですね！　さっきから論理がやわやわすぎませんこと!?　この町の怪奇現象は？　死に侵されたとしか説明できませんわ！」

「古代技術だ」

「ゾンビもです！　食事も睡眠も必要としないのですよ⁉」

「それも古代遺産だ」

「古代遺産を便利に使いすぎですわ‼‼‼」

ココリコはむきーっと吠えた。古代遺産というとても強固な論理にぶちあたり、ぜーはーと息を乱している。

古代の技術すごい。なにせ相手を強引に納得させる。

「ココリコ……すべては学術的に証明できるんだ」

俺は賢さマシマシで言った。

ココリコはしばし沈黙していたが、ぐわっと大口をあける。

「ヴィゼオールを倒した貴方たちにはお礼を言うべきなのでしょう！　本当にありがとうございます……！　ですが勘違いされたままなのは納得できません！」

「ずっと騙されていたんだ……動揺するのもわかるよ……」

「勝手に気持ちを代弁しないでくれません⁉」

「ココリコ……」

「遠い目やめれ！」

自分の信じていたことが勘違いだったなんて、俺だって受け入れがたい。

すぐに納得してもらえるとは思っていなかった。

「ヴィゼオールが言葉巧みに君を操りすぎたんだ……」

「……ええいっ、このすっとこどっこい！」

すっとこどっこい？

きょとんとした俺を、ココリコは人差し指で差してきた。

「貴方の勘違い！　朕が正してあげますわ！」

勘違いを指摘したら、まさか勘違いを逆に指摘されるとは。

はり合っても仕方がないとも思ったが、異変を解明するためには町にいた人の意見は必要だ。他の人たちはゾンビっぽくて意識がないし。

俺は仲間の意思を確かめる。

「そうじゃなー……。陰気はよくないしのぅ」とメメナが神妙そうに。

「わたしは流れに身を任せます」とサクラノは慣れきった様子で。

「ま、魔術師として、知識でみんなを支えるね！」とハミィははりきっていた。

ならば俺のすることは決まっている。

「わかった、君が納得できるまでとことん付き合うよ」


仲間と別れた俺はさっそく調査をはじめた。

「不思議な町に、ようこそ！」

うっすらと霧のかかる通りで門番台詞が炸裂する。

たいへん門番しがいのある町並みなのだが、そこらを歩いている人たちは「うーあー」と呻くだけで反応がよろしくない。

もしやゾンビなのか……？

そんなことを一瞬でも考えてしまい、俺は首をふる。

国際色豊かな時代だからこそ、一面に囚われてはいけない。多様性の目で彼らを見るべきだ。あくまでゾンビっぽい人でゾンビではない。噛まれたハミィがゾンビ化しなかったのがなによりの証拠だろう。……自分で試してみようとは思えないが。

と、近くの冒険者っぽい人が反応した。

「あ……うー……ようこそー……」

「!?　そう！　そうだよ！　不思議な町にようこそ！」

「ふしぎなまちに……ようこそー……」

反応があった！

日常の象徴たる門番台詞を聞くことで意識が戻ったのか!?

俺が成果を喜んでいると、呆れた声がする
「――それ、言われたことに反応しているだけですわ」

ココリコだ。

ミステリアスな雰囲気を取りもどした彼女は、これまた呆れた瞳で俺を見ていた。

「……そっか。まあいいさ、今は小さなことでも検証を積み重ねるだけだ」

「彼らが死者だとわかるだけですわ……」

「決めつけるにはまだ早いよ。彼らの瞳を見てごらん」

「光を失った死者らしい瞳ではございませんか……？」

「空虚な瞳はいろんな夢で輝くことができる。希望に満ちた生者の瞳と言える」

言えません、と瞳で強く否定された。

ゾンビっぽい冒険者は未知を探し求めるようにフラフラと去っていく。

ううむ、なにかしらの古代遺産がどうなにかしらかさえわかれば……。

「ふぅ……生者だとしても……。彼らの居場所はもうないでしょうに……」

ココリコとの会話に齟齬があったので聞いたところ、彼女は数百年前の人物だった。

町は大戦時の産物なのは間違いないみたいだ。

生物を長期保存できる古代技術があるのかも。万能じゃないから町の人の髪の毛はパサパサで、お肌もカサついているのだろうか。

「王都にかけあうよ。流通路ができれば、町もすぐに復興できるさ」

「そこは真面目に考えていますのね……」

いつも真面目なのだが。

「なあココリコ。……数百年もずっとこの町で過ごしていたのか？」

「いえ休眠状態でしたよ……。魔術師たちの手で町ごと封印されましたから……」

「数百年も眠っていたなんて……」

「まあ原因が滅んだことですし、いずれ塵となって消えるでしょう……」

ココリコはやけにあっさりしていた。

「……この世に未練はないのか？」

「ありませんわ。朕たちは静かに眠りたい……。それだけが望みでございます……」

そう言うが、ココリコはなんというか生にあふれている。

ゾンビっぽい人たちに比べて、確かな生命力を感じるのだが。

「で……。朕たちが死者と認めたようですね？」

ココリコが勝ち誇った表情をしたので、俺は反論した。

「まさか！　すべてはなにかしらの古代遺産が原因だ！」

「町から出られないのも古代遺産のせいでございますかー？　便利ですことねー」

ココリコはくぷぷと笑う。ぜーったいこっちが素の性格だと思う。

俺はムキにならず、学術的に説明してみる。

「町から出られないのは鏡のせいだよ」

「は……？　鏡……？」

「実に簡単なことだよ、ココリコ。鏡を使った手品さ。いやー、王都で鏡を利用した大迷宮で遊んだことがあるんだけどさ。敷地は狭いのに無限に広がっているみたいでビックリした。何度も入り口に戻ったぐらいだよ」

「……鏡があったら歩いたらぶつかりません？」

「そこは、なにかしらの古代遺産が働くわけだ」

「困ったら古代遺産はズルくありませんこと!?」

……だよな。

俺もちょっぴり無理があるなと思っていた。

でも悪いほうに考えるよりは建設的なはずだ。メメナも『ヴィゼオールという魔性の言葉。鵜呑みにせんほうがええぞ』と言っていたし。

調査もはじめたばかりだ。結論を急ぐ必要はないさ。

と、なにかと悪いほうに考えがちなハミィの声がする。

「せ、先輩……興味深いものを見つけたわ……」

ハミィは大きなピアノを片手で持ちあげながらやってきた。

平気な顔でいる彼女を、ココリコは感心したように見つめる。

「貴方……とっても力持ちなのね……」

「？　そ、そう言われることもあるけどね……これは魔術よ。ハミィ、獣人としてはザコザコのザコだから……パワーはないの」

「魔術なんですの？　これが現代の魔術なのかしら……」

戸惑っているココリコの前に、ハミィは大きなピアノをずずーんと置いた。

物理（魔術）の調子は良さそうだ。

「なあハミィ、このピアノのどこが興味深いんだ？」

「う、うん、ちょっと見ていてほしいの」

ハミィがじっとピアノを見つめたので、俺も黙って見つめる。

するとポロンパロンと、ピアノがひとりでに演奏をはじめた。

不可思議な現象に、ココリコが不敵に笑う。

「ふふふっ……これこそが町が死に囚われた証……。怪奇『ピアノが勝手に演奏をはじめちゃう』でございますわ……」

「先輩、古代技術はすごいわねー」

「なー、古代すごいなー」

「ちょっとピアノ!! 舐められていますわよ!! もっと怪奇をひねりだして！」

別に舐めているわけじゃないのだが。

ココリコは眉をひそめながら「ピアノのちょっと怪奇なところ見てみたいー。はい、怪奇怪奇！」

と両手を叩きながら音頭をとった。

ピアノがガタコトゆれはじめる。

そして大きなピアノは空中に浮かび、俺は珍しい光景に目を見張った。

「おー。空中で踏んばるピアノか」

「その言葉どこからでましたの!?」

どこからって、空中で踏んばるモンスターはたまにいる。

王都の下水道では空中を散歩するゴーレムもいたぐらいだ。ひとりでに演奏する高度なピアノなら空中で踏んばるぐらいおかしくないとは思うが。

「なんですのなんですの！　朕の常識が間違っていますの!?!?!?」

ココリコがむきーっとした顔でいたので、俺はなにも言えなかった。

そんなときだ。

民家の窓がパリーンと割れて、食器や本がふよふよーと飛んできた。

ココリコは息を吐いて、落ち着きを取り戻す。

「さあ、またも怪奇現象がやってきましたわ……。今度はピアノとちがって足がないので踏んばれません……。どう説明してくれますの？　ふふふー」

ココリコはうまいことを言ったみたいに笑った。

そんな彼女にお皿が勢いよく飛んでいく。

「え……？　きゃ!?」

「せいっ！」

俺は急ぎでロングソードを抜いて、飛ぶ斬撃で迎撃する。

次々に飛んできた食器や本を、せせいのせーいっで撃ち落としていった。

「ハミィ！　古代遺産が暴走しているみたいだ！」

「ず、ずっと整備されていなかったからかな……！」

「おそらく！　間違いない！　絶対そう！　迎撃できそうか⁉」

「だ、大丈夫……今日は調子がいい日だから……！」

ハミィは思いこみ次第でその日の強さが変わる。調子がいい日は調子がいい日だと思いこむ。冗談みたいだが本当のことだ。戦闘力がマジで変わる。

彼女は脇をしめて、そして拳の連打を繰りだす。

「風拳・嵐《エアーフィストストーム》！」

ボッボッボッボッと、空気が弾ける音がする。

数メートル先の空飛ぶピアノが激しい音を奏でながら壊れはじめた。ピアノには拳の痕がくっきりとついていている。

なるほど、拳圧を連続で飛ばしたんだな！

「さすが稀代の魔術師ハミィ＝ガイロード！」

「先輩の魔術も冴えわたっているわね……！」

飛んでいく斬撃と飛んでいく拳圧で場を制圧していく。

さすが稀代の魔術師さすが先輩と讃えあう俺たちに、ココリコが叫んだ。

「それは本当に魔術なんですの⁉⁉⁉」

厳密には技術だが、説明するとややこしくなりそうなので黙っておこう。

ココリコは頭痛でもしたのか両手で頭を押さえていた。

「うぅ……常識ってなんですの……頭がおかしくなりそうですわ……。古代遺産のせいだとゴリ押しもされそうですし……。ええい、しゃーこらっ！」

ココリコは気合を入れるように叫び、俺たちに向きあう。

そしてミステリアスな雰囲気を再度かもしだしてきた。切り替えの早い子だ。

「お二人を朕の家にご招待いたしましょう……」

◆

ココリコに導かれて、俺たちは町のはずれまでやってくる。

そこには三階建ての民家があった。

他の家とは趣《おもむき》がちがって年期を感じる。特別な家みたいだ。

「朕の生家でございます……。といっても孤児院でございますが……」

ココリコがしずしずと家に入っていくので、俺とハミィは大人しく着いていった。

町の民家とはちがって室内は生活感がある。柱には身長を測った傷があった。壁はうっすらと黄ばんでいて汚れも目立つ。二階へとあがる階段には子供の落書きがあった。

教会のペンダントが飾られている。デザインは今と少し異なるな。

聖職者が孤児院をひらいていたのか？

家ごと町に迷いこんだのだろうかと、俺は彼女の言葉を待つ。

「孤児だった朕は、司祭様や他の孤児と暮らしておりました……。ふふ、耳をすませば幼き声が聞こえるようです……。今はもう遠い昔の話でございますが……」

ココリコはミステリアスな雰囲気を取り戻していた。

芝居がかった態度で、俺たちを奥の部屋まで連れてくる。よく整頓されていて、私物らしい本や服があった。自室だろうか。

彼女は儚げな表情で円テーブルを指でつつーと触れる。

「古代遺産……本当にそうでしたらどれだけ良かったか……」

ココリコは本棚まで歩いて行き、一冊の本を持ってくる。

そして俺に手渡してきた。

「こちらを……」

「この本は？」

「朕がこの町に囚われてから書き留めた手記でございます……。ヴィゼオールがいかに死を操り、死者を辱めてきたか……。この暗黒手記を読めばよくわかりますわ……」

ココリコは今にも消えてしまいそうな表情で微笑む。

暗黒手記。この本には彼女の恐怖が書き留められているらしい。

俺とハミィは目を合わせて、丁重に日記を読んでみる。

○月×日
黒。黒がいい。やっぱり服もアクセサリーも黒で統一すべきね。

暗黒のような黒髪に、夜のような黒い服。すべては闇に染まれ。

わたしみたいな儚げな女の子には黒が一番似合っている。

司祭様にも闇で統一するようにお願いしよー。

○月△日
チビたちの元気がありすぎて今日もお世話で大変だった。

儚げなわたしが「物思いにふけたい」と言っても、「お姉ちゃんがまた変なことを言いはじめた」だの「お姉ちゃんがまたこじらせた」だの騒がしいったらありゃしない。

さみしくないからいいけどね！

○月◇日
今日からわたしの一人称は朕で決定！

なにせ儚いから。儚げだから。わたしに……ううん、朕に似合っているから！

儚げで可憐な女の子の仕草をもっともっと磨いていくぞー。


俺とハミィは目を合わせる。互いの困惑を感じとった。

「これさ、ココリコの恥ずかしい暗黒手記では？」

「お、同じ背表紙の本があるから……間違えたみたいね……」

そうゴニョゴニョとしゃべった。

ココリコは間違いに気づかず、ミステリアスたっぷりに語りつづける。

「死が集まり、死がすべてを包みこむ恐るべき町……！　死に囚われた者はこの町から逃げることはできないのです……！」

ココリコは自虐するように、ふふふと笑う。

「朕も……大病にかからなければ……」

△月◇日
司祭様が朕には神聖術の素質があるとおっしゃってくれた。

朕的には黒魔術のほうがいいんだけどなー。

黒に染まる黒魔術の使い手。ふふ、儚い。儚すぎてヤバイ。

△月□日
九死に一生を得ると、眠っていた力が目覚めることがあるらしい。

死に触れることで人間の本能が呼び起こされて、とにかくすごい力を手に入れるんだとか。試してみようかな。

とりあえず毎朝、井戸で冷水を浴びることからはじめてみる。

真冬に一発びっしゃーんと浴びれば死ぬほど冷たいっしょ！

司祭様には『健康のため』と言っておこう。
そして朕は最強の黒魔術の使い手になるのだ！

△日×日
風邪をひいた。
つらい。しんどい。死ぬ。

俺とハミィはまた目を合わせる。
『大病……？』
『大病……？』
疑問に思ったことは同じだったようで、ハミィの心の声が伝わってきた。
ココリコは熱が入りはじめたのか、おおげさに語る。
「病に倒れた朕は……！　長く苦しい日々を送ることになったのです……!!」

□日×日
自分のおバカさに呆れる。
けっきょく眠っていた力は目覚めなかったし、司祭様には説教されるし、チビたちにはバカにされるしで踏んだり蹴ったりだわ。

さらに風邪もこじらせたみたいだし……あーもー。
はー、体調が悪くてもお腹が減るものねー。
もうやけ食いよ。おかゆを死ぬほど食べてやる。
おかゆがおいしい。かゆうまい。おいしい。かゆうまい。

□日〇日
お腹が痛い。苦しい。食べすぎた。
熱があるのに無理しすぎた。つらい。しんどい。このまま死ぬの？
おのれー、こんなことで死んでなるものかー。
がんばれ朕ー。いけるいけるー。
あともう一杯。

ココリコはなおも語る。
「死の淵をさまよいつづけた朕は……そうしてこの町に囚われました……！　ああっ、恐ろしきは死を司る魔性ヴィゼオール！　か弱く、儚く……そして可憐な朕めを、死出の旅先案内人に仕立てあげたのでございます……！」

×月□日
死んだと思ったら変な町で目覚める。

司祭様もチビたちもいない。

突然あらわれたヴィゼオールとかいう奴が『お前、図太い性格みたいだから死者の案内人をしやがれ』と命令してきた。

なにさまだコイツ。モンスターか。

周りは死人ばかりだし、死を司る魔性ってのも本当っぽい。

風邪と食べすぎで死んだと思ったら厄介なことに巻きこまれたなー。

まっ、なんとかなるでしょ！

なるなるー。がんばれ、朕ー。


軽すぎる暗黒手記から目を離して、自分の世界へどっぷりのココリコを見つめる。

「朕の手記で奴の凶行をご覧になりましたか……!?　そこに書き留めた暗黒の日々は、けっして古代遺産なにがしではございません……！」

そう言いきったココリコは悲劇のヒロインオーラをあふれさせた。

タフだなあ。強いなあ。

感心はしたけど、それはそれとして暗黒手記を彼女に向けておく。

「はぎゃぱ!?!?!?」

ココリコは儚くて可憐からは遠すぎる声で叫んだ。

死に囚われた町についてはよくわからなかったけれど、ココリコがやっぱり根が明るい子なのはわかった。


ココリコの生家をあとにした俺たちは、霧がかかる通りを歩いていた。

陽も大きく傾いて、長い影が伸びている。空には染みこむように紫色が広がっていた。

気味が悪いぐらい統一感のある町に、ふたたび夜がやってきたのだ。

あのあと『ヴィゼオールの支配に怯える朕の日常』という暗黒手記を読ませてもらったが。正直、話を盛った感がいなめなくて途中で読むのをやめた。

「嘘ではありませんのに……。話はちょっと脚色しましたけど……」

やっぱ盛ったんかい。

ココリコは性根がバレてもなおミステリアスであろうとした。

たぶんこの調子で、この町でタフに生きていたのだと思う。

いやもう亡くなっているのか？

暗黒手記は昨日今日で準備できるものではない。風邪と食い過ぎでこの町に家ごと囚われたってのは嘘とは思えなかった。

だけどココリコからは強い生命力を感じるんだよな。

「ってハミィ、前を見ないと危ないぞ」

通りに等間隔で並ぶ街灯に、彼女は頭からぶつかりそうになっていたので注意する。ぶつかったところで街灯のほうがへしゃげるとは思うが。

ハミィは寸前で避けたが、なんだか浮かない顔だ。

「……ハミィ、どうしたんだ？」

「う、うん……。ちょっと、考えごとがあるの……」

ハミィは誤魔化すように笑った。

ココリコの家をあとにしてからずっとこの調子だ。悩みごとがあるなら俺たち仲間に遠慮なく頼ってほしいのだが。

「――兄様ー。みなの衆ー」

と、霧の向こうからメメナとサクラノがやってきた。

二人には別行動で調査してもらっていたけど、苦笑いしているところを見るに成果はかんばしくないようだ。

「二人ともお疲れさま」

「うむ、兄様たちもお疲れさまじゃ。なにか進展はあったかえ？」

「……特に変わったところはなかったな」

俺はココリコを横目で見ながら言った。

彼女の恥ずかしい記録は見つけたが、他に収穫らしい収穫はない。ヴィゼオールがやらかした悪事はわかったが、すでに倒したあとだしな。

「二人のほうでなにか変わったことは？」

俺の問いに、サクラノが歯切れ悪く答えた。

「……古代遺産の暴走には何度か出くわしました」

「古代遺産の暴走。そんなに頻繁に起こっているんだ」

「師匠、本当に古代遺産の暴走なのでしょうか……。いいえ、古代遺産の暴走です」

サクラノは自分に言い聞かせるように言った。

そういえば昼間の騒動、食器や本がココリコにも襲いかかっていたな。あんなことが頻繁にあったら危ないんじゃ。

「なあココリコ、古代遺産の暴走はよく起きるのか？」

「怪奇現象でございますよ……？　そうですね……そう起きるものではありませんわ……。朕が狙われるようなことも……」

ココリコは不思議そうにした。彼女にも予想外のことらしい。

もしかして、俺はなにか勘違いをしているのか？

ヴィゼオールを倒しても町から脱出できないでいる。古代遺産の暴走頻度もあがっているらしい。

なにか根本的なところでズレている気がする。

この霧もいつまで経っても晴れないでいた。

一度情報を整理しよう。俺は宿に戻ろうとしたのだが。

ボッボボッボッ、と街灯がつぎつぎに灯った。

「な、なんだ⁉」

仲間たちも突然の異変に驚いている。

街灯が俺たちの影をうすく伸ばしていき、民家の窓に明かりが灯った。

すると何十人もの人影が窓に映り、楽しそうにくるくる踊りはじめる。

窓に映る人影たちはクルクルクルと一心不乱に踊った。

クスクス、クスクスと、笑い声も聞こえてくる。

笑い声はだんだんと増えていって、まるで合奏のようにクスクス、クスクス、クスクス、と通りに声が満ちあふれた。

そこで俺の直感がピピーンと働く。

「そうか！　わかったぞ!!!!!!」

仲間たちの「はじまったかな？」と言いたそうな奇妙な視線と、ココリコの「なにがわかったのです？」という疑問の瞳に応えてやる。

そうっ！

すべての謎が今、解き明かされる！

「この町で起きる不可思議な現象！　古代の人が喜ばせすぎようとした結果なんだ！　この笑い声は町に訪れた人を楽しませるもので！　夢と希望に満ちあふれた――」

『ちげーよ!!!!!! 恐怖演出だとわかれや!!!!!!』

どこかで聞き覚えのある声が通りにひびいた。

俺たちは目をぱちくりしながら声のした方角……紫の炎がゆれる街灯を凝視する。

紫の炎はゆらゆらと燃えていたのだが、もはや我慢できないといった様子で荒れ狂うように燃えはじめた。

『せ、せっかく気配を殺してたのに、アホがアホすぎて叫んじまったじゃねーか！ 古代遺産の暴走ってなんだよ!? 古代遺産なんてねーよ！ アホか！ くそう！』

そして紫の炎が爆《は》ぜる。

チリチリになった火花は紫色の煙となって集まった。

「まさか……ヴィゼオールだと!?」

俺はロングソードを抜き、空中の魔性を見据えた。

倒したはずのヴィゼオールが苛立ったように紫色の煙を蠢かしている。

「馬鹿な!? 手ごたえはあったのに!?」

『はっ！ オレ様は死を司る魔性ヴィゼオール！ そう簡単にくたばるか！』

「狡噛流！ 梳《す》き噛み!!」

『ぎゃあああ!!!! ……だ、だからまだオレ様が話しているだろうが！』

サクラノの無形斬りで紫色の煙は散り散りになったのだが、すぐに集まった。

ダメージはあるみたいだ。それにしてはしぶとい。

『いいか⁉　今はオレ様が話す番だからな⁉　……よしっ！　ふひひっ！　オレ様は死を司るゆえに不死身なのだ！　ぎゃあああああああああ⁉⁉⁉』

俺とサクラノとメメナで一斉攻撃をしかける。

紫色の煙は散り散りになるのだが、すぐさま元に戻っていく。

『うぐぐ……。な、なんて奴らだ……！　揃いも揃って話を聞きやがらねえ……！』

ヴィゼオールは苦しそうに呻くが、また再生した。

おかしい。ダメージはあるみたいだが死にそうな気配がないぞ。

まさか本当に死を司る魔性なのか？

『ふ、ふひ……無駄だぜ？　この町でオレ様を倒すことは不可能だ。なにせ迷い狂いの町は死に侵されている！　死の概念が狂っているのさ！』

あの口ぶり、ハッタリというわけじゃなさそうだ。とりあえず音をあげるまで一万回ほど斬りつけてやろうか考えていたのだが。

息を呑むような声にふりかえる。

ハミィが唇まで青くなっていた。

「や、やっぱり……ここは迷い狂いの町なんだわ……」

「ハミィ？」

「じゃ、じゃあ……古代遺産は存在しなくて……。全部魔性のせいで……。町の人たちが、ほ、本当に本当にゾンビだったのなら……？」

ハミィはゾンビに噛まれた箇所を恐る恐ると触っていた。

そしてガクンと意識が失ったように頭をさげる。まるで死後硬直したかのように立ったまま固まってしまい、動かなくなった。

「ハミィ？　ハミィ……？　ハミィさん？」

俺はイヤーな予感がして何度も呼びかける。

もし肉体的素質が高く、思いこみが強すぎるゆえにゾンビ化を防いでいたのだとしたら。

もし、思いこみが強すぎる子がゾンビだと正しく認識したのだとしたら。

俺は心配でゆっくりと近づいていく。

すると、ハミィはうつろな表情で顔をあげた。

「うー……。ハミィ……ゾンビになっちゃったー……」

ハミィは可愛らしくゾンビ化した。

突然のハミィゾンビ化。俺もサクラノもメメナも、周りのゾンビも、ついでにヴィゼオールも唖然としていた。

なぜに、どうして、どういうこと!?

思いこみか!?

思いこみかー……で、俺は納得できたがココリコが騒いだ。

「なんですの!?　どうしてゾンビに!?　平気だったんじゃないのですか!?」

「たぶん、思いこみで……」

「たぶん!?　思いこみ!?　ふざけてます!?」

これっぽっちもふざけてないが、どう説明したらよいのか。

この世界には思いこみで実力が変わる子がいて、肉体的な素質は本当に優れていて、ゾンビ化を防いだのも突然ゾンビになったのも思いこみのせいで……。

ダメだ！　事実なのに事実に聞こえない！

当のゾンビ化ハミィはうつろな瞳で呻いた。

「うー……うー……」

『ふ、ふひひ？　よ、よくわからねーがゾンビ化したみたいだな！　そうだよ！　これがオレ様のやりたかったことなんだよ！　ふひひひひひっ！』

ヴィゼオールはここぞとばかりに高笑う。

ハミィはどっぷりと思いこんだようで、周りが騒がしくても正気に戻らない。サクラノもメメナもかなり困惑したのか武器を手に固まっていた。

俺だってどうすればいいのかわからない……!!

『さあっ、ここからが恐怖の時間だあああ！』

ヴィゼオールが紫色の煙を勢いよく広げてきた。

奴にとっては待ちに待った自分の土俵だ。機を逃すわけがない。

だがしかし。

「ハミィはゾンビー……。めちゃくちゃ暴れる存在ー……」

ゾンビハミィが街灯をむんずと引っこ抜き、紫色の煙に思いっきりぶん投げた。

突風が巻き起こる。

『ぎゃひ!?』

街灯はヴィゼオールを突き抜けて、奥の民家を貫いた。勢いはぜんぜん止まらず、民家の向こう側でドッゴンドッゴンと貫通する音が聞こえる。

衝撃がすさまじすぎたのか、民家が数軒ガラガラと倒壊した。

「ハミィはゾンビ……ゾンビだからー……」

パワーが桁違いにあがってないか???

最近はサクラノと特訓しているみたいだし、その成果かと視線をやる。サクラノは勢いよく首を左右にふっていた。謎のパワーアップらしい。

沈黙したヴィゼオールをよそに、ハミィはぶつぶつとつぶやく。

「ゾンビは肉体の枷を壊す……。だから普通の人でもめちゃ強い……。今のハミィはリミッターが外れた状態……」

そう思いこんでいるわけだな!?

いかん！　魔術と思いこむだけでもあれほどのパワーなんだ！

リミッターが外れたなんて思いこみでどこまで強くなるか見当もつかない！

ハミィがふらりと歩いた。それだけなのに、とんでもない圧だ。

彼女を制すればこの場を制すると察したか、ヴィゼオールが先手を打つ。

『お、おい、女！　ゾンビ化したからにはオレ様の命令に従ってもらうぞ！』

「うー……？」

『オレ様がお前のご主人様だ！　さあ、ゾンビらしく暴れやがれ！』

「うん……。ハミィ……ゾンビだから暴れる……」

ハミィは熱にうなされたみたく再度街灯を引き抜く。

そして勢いよく投げて、またも民家を派手に壊した。

『ちょ!?　待て!?　町はもう壊すな！』

「うー……ゾンビは制御不能だからー……」

『や、やめろって！　ほんとやめろ！　聞けって!!!!!!』

町を壊しはじめたハミィに、ヴィゼオールが慌てふためいた。

……なんだ？　焦りすぎじゃないか？

確かに住処が壊れるのは困るだろうが、自分が攻撃されたよりも焦っているぞ。それに民家が壊れたときだ……奴の存在がわずかでも希薄になった。

そこで俺はピピーンッときた。

いつもの信頼できる直感だ！

「メメナ！　ちょっといいか！」

まだ固まったままのメメナに呼びかける。

すると少女は余裕の笑みを返してくれた。

「なにか気づいたようじゃな、兄様」

「ああ。すまない。ずっと古代遺産の暴走だと勘違いしていた」

「ええんじゃよ。いつものことじゃしな」

いつものこと？

まあそれは置くとして、すぐに余裕を取り戻すのはさすがだ。本当に頼りになる。

「もしさメメナ。奴の不死性は、この町が関係しているとしたら？」

「ふむ？」

「この町自体が巨大な術式の可能性はあるかな？」

ヴィゼオールの奇妙な不死性。

古代遺産だと勘違いしていた怪奇現象。そして囚われた死者たち。

怪奇の詰め合わせのような町だが、町自体は整然としている。

町が死に侵されたのじゃなくて、町が死に侵される術が施されているのだとしたら。町の規格がやけに統一されていたのも気になっていたんだ。

「兄様、それはありえるな。いや、正解じゃと思う。……それ！」

メメナは光の矢をヴィゼオールに放つ。

そう見せかけて、光の矢は民家の屋根を射抜いた。

『ぐあああっ!?　また壊れたああ!?』

ヴィゼオールはダメージを食らっていないのに、あきらか焦っていた。

正解だ！

『こ、こんなはずじゃなかったのに……！　くそう……！　死者ども、全員集まりやがれ！　こうなったら総力戦だ！』

ヴィゼオールが苛立ったように叫ぶと、青白い人たちがわらわらと集まりはじめる。

人垣となって迫りくるゾンビっぽい人の群れ……いや本当はゾンビだったとわかった今、かなりの圧を感じる。

それでも、仲間が屈するとは思わないが。

「メメナ、この場を頼めるか？」

「うむ、死者に安らかな眠りを与える技は心得ておるぞ。実家でよく湧くしのう」

そういえばメメナの故郷で骸骨軍団が湧いたな。

俺はサクラノに視線を移す。

「サクラノ、もし戦いにくいようなら……」

「問題ありません！　傷つけずに殺す術《すべ》はしかと学んでおります！　彼らに甘き死を授けてやりましょう！」

「……そうか！」

実社会でその術《すべ》は使わないでくれよ！

ココリコには隠れておくよう言おうとしたが、「朕は隠れておりますー」とすでに路地裏にいた。

驚くべき生存能力の高さだ。

「師匠はどうするおつもりですか？」

「この状況を逆に利用する！」

俺はゾンビハミィの前に立つ。

ゾンビハミィは暴走をやめて、俺をねっとりと見つめてきた。

彼女が一度強く思いこんだのなら、よほどのことじゃ修正できないだろう。

なら、ここはゾンビ化を利用したほうがいい！

「せんぱい……？」

「ハミィ！　俺は魔術師だが……実は祈祷師でもあるんだ!!!!!!」

祈祷師とは東方の術師だ。

死霊系モンスターとよく戦う術師らしく、東方退魔小説は一部で人気がある。

俺はそれらしい動きで両手をわちゃわちゃと動かして、呪文っぽいものを読みあげる。

「モンバンバンバン、モンバンバババン、モンバーーーー！」

「うー……あー……？」

「これでハミィはちょうぶく？　……サクラノあってる？　……よし、チョウブクされた感じになった！　俺から離れることができないぞ！　さあ、着いてくるんだ！」

いけるか、いけるか……いけるか……。

と、ハミィが俺に向かってよろよろと歩いてきた。

俺が祈祷師だと思いこんだみたいだ！

「ハミィ……ちょうぶくされたからついていくー……」

『待て⁉　ど、どこに行きやがる⁉　ぐぞう‼　もう、めちゃくちゃだよ‼‼‼』

ヴィゼオールの情けない声を背にして、俺は駆けていく。


俺は迷い狂いの町を疾走していた。

暴走したゾンビハミィが背後から迫ってくる。

「うーあー……早歩きゾンビは流行りー……」

ハミィは呻きながら俊敏に歩く。あくまで歩いたままなのにかなりの速さだ。うすうす感じているけど、まあまあ理性が残っていない？

最先端ゾンビを取りいれる余裕はあるみたいだ！

「あうー……流行りを押さえつつ暴走するー……」

ハミィはジャンプして拳を地面に叩きつける。

ドゴンッと派手な音がして地面が陥没すると、民家が数軒まきこまれて、吸いこまれるように崩壊していった。

パワーが普段の倍以上はあるぞ⁉

思いこみ次第で、獣人の国で暴れていたグリードンを一人で倒せたんじゃ⁉

「ハミィ！　こっちに来るんだ！」

俺はロングソードで民家をやたらめったら斬りつける。

ハミィが壊しやすくなるように簡単な切れこみをいれておいた。

「うー……まってー……」

「今だ！　ゾンビらしく暴走するんだ！」

「あー……ゾンビらしくぼーそーするー……」

ゾンビハミィの拳が吹き荒れて、さらには街灯がバンバン投げられた。

一つ、二つ、三つ、そして十棟。神経質なまでにきちりと並んでいた民家がそれはもう盛大に破壊されていく。

迷い狂いの町は積み木倒しのように崩壊していった。

今のハミィはただのゾンビじゃない、暴力の化身そのもの！

拳から繰りだされる破壊的な圧は、まさにハミィ・ザ・ゾンビ・タイフーンだ‼

「⁉　っと、あぶねっ！」

俺のすぐ側の民家が崩れてきたので斬って細切れにしておく。

追いかけっこが長引くほど足場が悪くなるな。

元兵士とはいえ、平和を守る存在が町を壊しまくるのも……心苦しくはある。

ただおかげで遠くにいるヴィゼオールの力がうすまっているのを感じる。町すべてを破壊する必要はなさそうだ。

「うー……。ハミィ……ゾンビになったからにはちゃんとがんばるー……」

ハミィはこんなときでも一生懸命だ。

思いこんだら一直線、とことんゾンビでいるつもりらしい。思いこみで一度ゾンビ化を防いだのなら戻れるはず。現に祈祷師だと言いはったら話を聞いてくれたし、素直に暴れてくれた。ここからうまく情報を修正すれば。

でも俺、あれだけ思いこみの強い子しらないしなあ。

……そうだ！　情報を修正するのじゃなくて追加すればいいんだ！

「ハミィ！　ちょっと待とう！　ゾンビらしく！」

「ゾンビらしく？　わかったー……止まるー……」

俺が急停止したら、ハミィも止まってくれた。

ただ不安定な高速ゾンビ歩きだったせいか、彼女はずってんと転んでしまう。俺は受けとめる形でもつれこみ、二人して地面に倒れてしまう。

「いてて……大丈夫か？」

「あー……うー……。ゾンビはここからどうするんだっけ……？」

ハミィは俺の腹に馬乗りになっていた。

彼女の頬に髪の毛がはりついている。熱のこもった瞳には妖艶さを感じた。

このままじゃ俺は噛まれてしまうか、喰われるかだ。だが思いこみでゾンビ化したのならば理性が残っているということ。

訂正するのじゃなく、さらに思いこませればいい！

「ハミィ！　君はまだ完全にはゾンビ化していない！」

「うー……あー……？」

「かすかに意識があるだろう!?　君に理性が残っている証なんだ!!　本能に抗ってゾンビ化を防ぐのはゾンビ小説の定番だぞ!!」

「てい……ばん……？」

定番かどうかはわからないが、それがゾンビの常識だって情報修正できればいい！

するとハミィは本能に抗うよう頭を抱えた。

「うー……ハ、ハミィはー……ハミィはー……」

「そうだ！　ゾンビ化に負けるなハミィ！」

「で、でも一度ゾンビになっちゃった手前……元に戻るのは恥ずかしい……」

恥ずかしさの問題なのだろうか。

恥ずかしさの問題かもしれないが、今は呼びかけよう。

「自分の中の純粋な欲求……生《せい》を感じるんだ!!!!!!」

「せ、性《せい》を……？」

ハミィはゾンビらしからぬほど顔を赤くさせた。

モジモジして唇を恥ずかしそうに噛み、あーうーと身悶えている。

生きる欲求を感じはじめているんだな!?

「いいぞハミィ！　己の生に耳を傾けるんだ！」

「せ、性を……性……を……」

「ああっ、生だ！　熱く！　そして煌めく生を感じるんだ！」

ハミィは顔どころか首元まで赤くなる。

あふれんばかりの生命《いのち》を感じているのか、頭をぷるぷると可愛らしくふる。そして熱い吐息をふきかけてきた。

彼女の熱が鼻先から伝わってきて、俺は意識を奪われかける。

「ううぅ……せ、せんぱい……」

ハミィは胸をばるるんっと張ってきた。

馬乗りのせいで爆乳を下から見上げる形になり、その迫力はいつもよりマシマシだ。

「ハミィ？　ど、どうしたんだ？」

「ハミィ……せ、性を感じるのはふれあうときかなと思って……。そ、それにハミィの胸は、魔素巡りが一番いい場所で……だから……」

乳に触れることでハミィの生が目覚める。そう言いたいらしい。

生と性は紙一重だ。そこに違いはないのかもしれないが。

「せ、せんぱいがイヤだったら……」

「イヤなんかじゃないさ!!!!!!」

俺はまったく躊躇いもせず、ハミィのたわわな乳に触れた。

上からでも横からでもなく真下からだ。ハミィの生を手のひらにずっしりと感じる。とんでもない命の重さだ！

これは人助け……人助けなんだ!!

「あ……っ」

ハミィは気持ちよさそうに身体をくねらせた。

俺の指がハミィの下乳に吸いこまれていき、命のありがたみが伝わってくる。

……いや誤魔化すな俺。人助けではある。でも俺は熟女好きでもあるし、それと同じぐらい大きなおっぱいが好きだ。大好きなんだ!!!!!!

人助けを言い訳にした自分が悔しい!!

「せんぱい……ハミィ、ゾンビ化に負けないから……」

「ハミィ……」

「みんなを守る魔術師だから……だからぁ♥」

なにかに耐えるようなハミィの表情に、俺は下唇を噛む。

彼女がこんなにもがんばっているのに先輩の俺がゆらいでどうする！

生。生。生。生。爆乳。生。それだけを考えろ！

「せいっ!!」

俺は気合を入れて、ハミィの生に刺激を与える。

下乳の感触がやわやわすぎて、自分の指が溶けたかと錯覚してしまう。けれどそこには熱き芯がある。牛柄ビキニの下には、ハミィの命が宿っているんだ！

命の奔流を感じたのか、ハミィはこそばゆそうに唇を噛む。

もにゅんもにゅんと乳が形を変えるたび、彼女の内側が茹ったように熱くなる。

「うー……あー……♥」

甘ったるいうめき声だった。

爆乳のやわらかさに意識が吸いこまれかけて、俺は別世界に旅立ちそうになる。

ダメだ。耐えろ。ハミィにいっぱい生を感じてもらうのだろう!!

痛いぐらいに唇を噛んでいたのだが、もみ加減を間違えてしまう。汗で手がすべってしまい、俺の右手がハミィの顔に触れかける。

「あー……♥」

ハミィは俺の右手に釘付けになっている。

獲物がきたといわんばかりの狩人の瞳だった。

「ハ、ハミィさん？」

「これは……ゾンビの本能だから……♥」

ハミィは俺の手をおずおずと掴み、唇まで運ぶ。そして口をねっとりとあけて、火炎かと間違うほどの息を吹きかけてくる。

噛まれた。そう思った。

「ま、待ってくれ――」

「……ちゅ♥」

だが待っていたのは熱々トロトロの口内だった。

命の熱量がダイレクトに伝わってくる。ねろねろしたものは彼女の舌だ。

「ハミィ⁉⁉⁉」

「ハミィは……まだゾンビだから……ちゅぴ♥」

噛まないのはゾンビの本能に抗っているのか。

彼女の倒錯しきった瞳に俺は言葉を失う。いつもはひかえめな子のあまりにも煽情的なオーラに呑まれていた。

「ん♥　ちゅ♥」

ハミィは生を味わおうと指を舐めてくる。

指先から全身が溶けていきそうなトロトロっぷりに、俺の全身が熱くなってきた。

いかん……いかんいかんいかんいかん！

このままでは本当にいかんって⁉

「ハミィ、ちょっと落ちつこうか！　ゾンビ化が治《おさ》まってきたみたいだからさ‼　まずは一旦口から手を離して冷静に‼‼‼」

「れろー……♥」

「うおおおおお！」

「ちゅー……♥」

「うおおおおおおおおおお！　せいいいいいいいいいい！」

俺は熱き生に雄たけびをあげるが、ハミィはちゅぴちゅぴと離さない。

これが、生きるってことおおおおお!!!!!!

◇◇◇

ココリコは路地裏に隠れながら戦いを見守っていた。

今まで見たことのない光景に目を見張る。

常に霧がかかっていて、死者の呻き声が子守唄代わりで、一度迷いこんだら絶対に逃げることができない町。数百年前は悪夢の象徴として君臨していた町。

その迷い狂いの町が終焉を迎えようとしていた。

優しい光が煌めく。メメナの魔導弓だ。

「光陰聖矢《アローセイント》!!」

光の矢が無数に枝分かれして、ゾンビたちの心臓を穿つ。

いつも呻いていたゾンビたちが安堵の声をあげて、塵となって静かに消えていった。

なおも迫りくるゾンビたちをサクラノが斬る。

「狡噛流！　魂喰い!!」

ゾンビたちがふらりと倒れていき、安らかな表情で逝った。

おそらく、目にも止まらぬ高速の突きだ。

門番たちの戦闘もそうだったが本当に強い。ヴィゼオールを一度倒したのも納得できる強さだとココリコは思う。

そのヴィゼオールは子供みたいにわめいていた。

『ぐぞうぐぞうぐぞう!! こんなはずじゃなかったのに! お前たちを恐怖に陥れて……死にもがく様子を見物するはずだったのに……! めちゃくちゃだ!!』

でしょうね、とココリコは思った。

数百年前も町に強者が迷いこんでくることはあった。

だがヴィゼオールが演出する恐怖を前にいつしか死に囚われていく。魔術師の集団が町を封印するまでは対処不可能とされていたぐらいだ。

ヴィゼオールがわめくのも当然か。

奴からすれば尊厳をむちゃくちゃにされたに等しいのだ。

(本当にデタラメすぎますわ……)

門番一行は怪奇現象に怯えもせず、あろうことか『古代遺産のせい』と言いはった。強がりでもなんでもなく、本当にそう思っていたのだから信じられない。

そもそもとして、サクラノは常日頃から死に心を置いている。メメナは対死霊に強い。

なによりも門番とハミィの勘違いがひどすぎた。

そのおかげで迷い狂いの町に囚われることはなかったのだ。

本来なら倒しても蘇るゾンビが安らかに昇天している。門番の狙いどおり、町を破壊した効果がでていた。

（ふふ……本当に騒がしい。でも生きるってこういうことでしたね……）

生前は好んでミステリアスキャラをやっていただけに、いつしかそれが自分の性根だと勘違いをしていた。

自分がどんな人物だったのか、ココリコは久しぶりに思い出す。

迷い狂いの町はもう終わる。

静かな狂乱の日々は、お馬鹿な人たちの手で終わりをむかえる。

永久《とわ》に思えた悪夢がついに覚めるのだ。

『こいつら揃いも揃って強すぎる!!　あ、悪夢みてーだ!!　こ、こ、このままじゃあ……!』

ヴィゼオールは大焦りしていた。

もはや死を司る魔性としての威厳なんてない。

そもそも大がかりな仕掛けで術を維持していたみたいだし、ヴィゼオールそのものは強くはないと自らで証明していた。

『!?　ふひひっ……!!　ココリコ！　そこに隠れていたのか!!』

「え？　きゃっ!?」

途端、ココリコの体が宙に浮いた。

紫色の煙がまとわりついて、通りまで引っぱられてしまう。もがいてみたが水でおぼれたみたいで脱出できず、サクラノたちに見あげられていた。

『お、お前たち！　こいつがどうなってもいいのか⁉』

ココリコは気丈に叫ぶ。

「……かまいません！　朕はすでに死んだ身！　気にせず戦ってくださいませ！」

『ふひひ！　無駄無駄！　人間はこの手に弱いからな！』

サクラノがカタナを構えた。

「では遠慮なく！」

「朕は死んだ身でございますが……！　心の準備がちょっぴり必要なのです……！　今しばらくお待ちになっていただければ……！」

わかったーと素直に従ったサクラノに、ココリコは安堵した。

足をひっぱる気はないけれど、いい感じに覚悟を決める時間は欲しかった。

『こ、こいつら常識がなさすぎてイヤになるぜ……！　だ、だが今度こそ！　正真正銘オレ様が輝く時間だあああ……！』

ヴィゼオールは恐怖をたっぷりとお見舞いしてやる。

そう意気込んでみせたのだが。

「そこまでだ！」「……そ、そこまでよぅ！」

明るい声がひびいて、ヴィゼオールは『もういやぁ……』と呻いた。

門番とハミィだ。

二人は通りでババーンとかっこよさげに立っている。

ハミィはゾンビ化から治《なお》ったみたいだ。本当に意味はわからないが、とにかく赤面したままモジモジしている。門番も門番で照れている様子。

やけに悶々とした空気にココリコが訝しんでいると、メメナが喜色《きしょく》の声をあげた。

「兄様たち！　ヤッたのか!?」

二人は熟した果実みたいに赤くなる。

メメナは羨ましそうにキャッキャとはしゃいだ。

「ずるいぞずるいぞー。ワシも混ぜてほしかったぞー」

「メメナにはそーゆーのは早いって……ち、ちがう、やってない！　ゾンビの本能に抗ってもらうために刺激を与えていただけで……！」

ワタワタした門番に、サクラノが冷たい声で言う。

「師匠。つまり戦闘中にそれ相応のことはしたと……？」

「緊急事態でいろいろとさ……！」

「なんじゃサクラノー。ワシと一緒に混ざりたいならそう言うんじゃよー」

「わ、わ、わたしはそんなことが言いたいわけじゃなくて!?」

サクラノも真っ赤になってワタワタしていた。

ラブラブでコメコメな桃色空間に周りのゾンビもどうすればいいのか固まってしまい、ついにヴィゼオールが泣きをいれた。

『ふざけんなよおおおおおお……！　なんだよもおおおおお！　ここからってところだったのによううう……！』

門番が慌ててキリリとした表情を作る。

「死を司る魔性ヴィゼオール！　俺はお前をゆるさない！」

『いまさら遅いんだよ!?　お前たちアホのせいで空気がゆっるゆるじゃねーか！』

「……死を司る魔性ヴィゼオール！　俺はお前をゆるさない！」

『言いなおしてもシリアスにはならねーよ!?　ぐぞおおお！』

ココリコはとても胸がすく思いでいた。

死を司る魔性ヴィゼオール。奴のせいで町に囚われた者たちのことを考えれば、最高に滑稽な末路だろう。

『せ、せめて、こいつだけでも……！』

ヴィゼオールは煙を操って人質を突きだした。

ココリコは宙に浮かびながら彼らを見つめる。

「朕もろともやってくださいませ……！」

本心だ。嘘じゃない。もう覚悟はできていた。

生前にほんのちょっぴりお馬鹿な原因で死んで……町に縛られつづけていた。永遠に支配されたままだと思っていたのに、こんなワチャワチャした空気で終われるのなら文句がない。

みんなに囲まれながら逝く。生前はそれが願いだった。

ココリコは根から明るい女の子だった。

「朕は死んだ身でございます……！　さあ今度こそ遠慮なく……！」

門番はどこか困ったように告げる。

「……ココリコ、君は生きているぞ？」

「は？」

死んだから町に囚われたのに生きているとはなんぞや。勘違いが得意そうな人だし、またなにか勘違いしているのだとココリコは思った。

いや、あるいはだが。

「もしや朕に、明るい来世に希望を抱く感じで逝けと⁉」

「え……」

「来世で強く生きろと、そうおっしゃりたいのですね⁉」

「いや……」

「わかりました！　超ハッピーな来世に期待しながら逝きますわ……！」

ココリコはどうぞどうぞと胸を張った。

門番はちょっと頬をかきながらヴィゼオールと対峙する。

「よーし、いっくぞー」

『人質、意味なかったかあ……。うぐぐぐっ……オレ様が……死を司る魔性ヴィゼオールが……恐怖の象徴が……。こんな、こんな……ゆるい空気で滅ぶのか……』

「必殺！　門番……なんとか斬り！」

『うぉい!?　せめて必殺技ぐらいはちゃんと――』

飛ぶ斬撃が放たれる。

斬撃はココリコを綺麗に避けてヴィゼオールにめりこんだ。そして『ぎょえええええ』と珍妙な断末魔がひびいて、紫色の煙が霧散した。

解放されたココリコが地面にぽてんと落ちる。

周りで固まっていたゾンビたちも、支配者であったヴィゼオールが完全消滅したことで、安らかな表情でだんだんと塵となっていく。

「ああ……ついに朕は悪夢から覚めるのですね……」

覚悟を決めたココリコは、それはそれとしてキメポイントだと悟った。

だって最後の最後だもの。

それはもうミステリアスに儚く、めっちゃ注目を浴びようとしたのだ。

「みなさま……。ココリコという儚くも麗しい美少女の存在をどうか、どうか……。心の片隅にしっかりと永遠に記憶してくださいませ……」

人生を謳歌しきったような表情で、これでもかと儚き美少女っぷりを見せつけよう。

――そうして彼女がぜんぜん塵にならないなーと気づくのは、『儚き永遠の美少女ココリコ、ここに散る』を語りはじめて10分後になる。

俺はヴィゼオールの完全消滅を悟り、鞘に剣をおさめる。

迷い狂いの町の霧がだんだんと晴れていき、夜空が明るさを取り戻した。

朝焼けだ。

けれど夜明けにはまだ時間があったはず。町が別空間にでもあったのか時間の経ち方が異なっていたのかもしれない。

そして町の崩壊もはじまった。

家や街灯がさらさらと砂のように溶けていき、塵が草原に飛んでいく。町も、死者も、すべては夢だったように消えていった。

ただ一人、ココリコだけが取り残されていた。

安らかに逝った死者のことを考えているのか、心あらずで立ち尽くしている。

「どうして……朕は……」

彼女からは強い生命力を感じていた。

メンタルもタフというか、根っこのところがあっけらかんとしている。生きている確信はあったが、なぜココリコだけなのかはわからない。

俺が不思議がっていると、メメナが静かに説明する。

「この町にかけられていた術。おそらく死者だけでは成立せんかったのじゃろう。それだけでは冷たき死が町を浸《ひた》すだけ。強き生命力……生きる者の存在で、死の一歩手前という不可思議な状態を保っていたようじゃ」

「朕は、術の媒介みたいなもの……？」

「じゃろうな。術で死んでいると勘違いはさせていたようじゃが……」

ココリコは自分の両手をまじまじと見つめていた。

命の息吹を感じているのだろうか？

一人だけ生還したようなものだ。俺は彼女が思いつめないように優しく告げる。

「ココリコ、勘違いは誰にだってある。気にしないほうがいい」

「貴方がそれを言います？」

うんまあ盛大に勘違いしたが普段はそんなことないんだ。

そう言いたいが、目を伏せた彼女になにも言えなくなる。

ずっと死者だと思っていたのに自分だけが生きていた。胸に去来する感情は、俺なんかが計り知れるものじゃない。

が、当のココリコは拳を高々とあげた。

「っしゃーー！　朕、自由ですわああああああ！」

ですわー、と歓喜の雄たけびが草原に木霊した。

ココリコは「あの紫色！　ぶざまに散って清々ですわ！」と大はしゃぎ。

俺が呆気にとられていると、メメナがこしょりと告げてきた。

「術を成立するため、生半可なことじゃへこたれない者が選ばれたのじゃろうな」

「……死に負けないぐらい能天気ってこと？」

「有り体に言えば」

メメナはおかしそうに微笑んだ。

ココリコはひとしきり騒いだあと、ふっと儚げな表情になる。

今度はわざとらしいものじゃなくて、塵となって消えた死者を悼《いた》む表情だった。

「先に逝ったみなさんを手向けます。貴方たちにはお世話になってばかりで恐縮ですが……お手伝いいただけませんか？」

「もちろんだ」

断る選択肢はなかった。

それから草原を歩きまわり、俺は綺麗な花畑を見つける。

花畑で一番見晴らしのよい場所にハミィが巨石を運んできて、サクラノがカタナで文字を刻み、最後にメメナに魔物よけのまじないをかけてもらった。

そうして、慰霊碑前で俺たちは黙祷する。

ココリコは膝をつき、時間をかけて死者たちへ祈りを捧げていた。

「今度こそ安らかにお眠りください……。朕もいずれまいります……」

あくまでしばしのお別れだと、死者と過ごしていた彼女らしい言葉だった。

長らくそうしていたが、ココリコが勢いよく立ちあがる。

「さあ！　儚きココリコ！　新たなる人生のはじまりでございますわ！」

彼女のまぶしい笑顔が青空に映《は》える。

ついさっきまで死者の町にいたと思えないほど、カラリとした旅立ちとなった。


というわけで、俺たちは草原を歩いていたのだが。

「なにもありませんわね……。素寒貧《すかんぴん》でございます」

ココリコはあっけらかんと言った。

あてはあるのかと聞いたらコレだ。

生家も塵となって消えてしまい、先立つものはなーんにもない。本当に着の身着のままなわけだから、俺が王都を出ていくしかなかったときより過酷な旅立ちだろう。

「困りましたわねー……。司祭様はお亡くなりになっているでしょうし……」

ある意味では時間《とき》を超えたようなものか。

ココリコはそれでもお気楽そうだけど。

「魔王が滅び……この地は今や冒険者のメッカなのでございますよね……？」

「自由都市地方は未開の地が多いからね」

俺は真の魔王が存在するのは伏せた。

「うーん……朕も冒険者に身をやつして、華麗に世界を旅するのも面白そうです……。自伝を執筆して、人気作家になるのも悪くありませんわね……」

前向きすぎて楽観しすぎている気がする。

双子は世間知らずで心配だったけれど、ココリコも一人にさせるにはちょっと心配だ。

どうしたものかと考えていると、サクラノが唸りながらカタナを抜く。

「何奴だ！　でてこなければ斬る！　そうでなくても斬る！」

「待て待て!?　誰かいるのか？　うちの子が噛む前に姿を見せてほしいんだが」

俺はサクラノをなだめながら言う。

すると、近くの岩場から人影がおっかなびっくりとあらわれた。

「……ど、どうもー、旦那たち！　可愛い可愛いスルちゃんだよー！」

悪魔族のスルが笑みをひきつらせていた。

俺たちはちょっと面食らう。

「スル？　どうしてここに？」

「町の調査を任せっぱなしも悪いなーと思って、やって来たわけ！」

「隠れていたのは？」

「女の子にそーゆーことを聞くのはよくないよ！　旦那！」

そう言われるとなにも聞けない。

仲間は女子ばかりだし、迂闊な空気は作りにくいのだ。

「それで旦那たち……なにかあったみたいだね」

「あの町、迷い狂いの町ってところでさ。けっこー大変だった」

「ま、迷い狂いの町？　大戦時の町だよね？」

「心配することはないよ。町は滅んだし、もう誰も囚われることはない」

「迷い狂いの町が滅んだ？？？」

スルの声がひっくり返り、魂が抜けたみたいに放心した。

俺が目の前で手をふっても反応しない。少しずつ意識が戻ってきたようだけど、目を泳がせまくりだ。迷い狂いの町、いろいろ悪さしていたみたいだしなあ。

簡単に経緯は説明しておこう。

「――と、いうわけなんだ」

「えっと……」

スルは言葉に困っているようだ。

無理もないか。ゾンビや怪奇現象を古代遺産の暴走だと、ちょっぴり勘違いしていたなんて驚きだろう。けどさ、誰にでも勘違いすることがあると思うんだ。

それに、たまたま勘違いしたおかげで助かったわけだし。

俺がそう弁明する前に、ココリコが口をひらく。

「貴方……悪魔族ですよね？」

ココリコの瞳には警戒がにじんでいた。

「う、うん。うちは悪魔族だよ、それがどうしたの？」

「いいえ……ずいぶんと仲がいいなと思いまして……」

悪魔族と仲がよいと変なのだろうか。

……そういえば、大戦時に悪魔族は魔王側についたんだ。迷い狂いの町は隔絶された場所だったみたいだし、今の事情は知らないか。

「スルは良い子だよ。悪魔族も気持ちのいい子ばかりだ」

「旦那？　そ、そう面と向かって言われるのは、なかなかに……」

スルは恥ずかしくなったのか俺から目をそらした。

そして目をそらしたままココリコに告げる。

「えっとね……。うちらは魔王側についた罰で、定住できない流浪の民になってさ……。な、なんの言い訳にもなってないけれど……昔の悪魔族とちがうわけで……」

スルはちょっと辛そうに笑った。

弁明しにくい部分があるのかも。俺がフォローをいれる。

「悪魔族が派手な悪さをしているって話は聞かないよ。俺の知り合いも悪魔族のキャラバンでお世話になっているし、そんなに警戒しなくても大丈夫」

「旦那ー……。や、やだな……。そう簡単に信じちゃダメだよぅ……」

照れたのか、スルの声はか細くなっていた。

と、俺たちを黙って見つめていたココリコが意を決したように告げる。

「悪魔族のキャラバン……。見せてもらってもよろしいですか？」

◇◇◇

スルは今の状況を地面に座りながら考えた。

深夜の草原には悪魔族のキャラバンが集まっている。焚き火の近くでは仲間が飯を食いながら馬鹿騒ぎしているが、まあいつものことだ。

ただ今夜はその中にココリコがいた。

「不肖ココリコ！　一曲、歌いますわ！」

生者とわかったココリコがテンション高めに歌いだす。

「生きているとわかったけれど、なーんにもない♪　なーんにもないけど明日がある♪」

本当に今の今まで迷い狂いの町に囚われていたのか疑ってしまう。

悪魔族より陽気な彼女に、スルは呆れるやら感心するやらだった。

（生きのびるよね。強い子だよ）

ココリコがキャラバンを見たがったのは、自分たちに同行するか考えるためだったらしい。

ミステリアス風味の彼女は仲間とおしゃべりしてから、こう言った。

『決めました。しばらくお世話になりますわ……！』

来るもの拒まず、みんなで楽しくがモットーの悪魔族だ。問題はない。

それにしても馬が合いすぎだと、スルは思った。

先日加入した双子は少し離れた場所で仲間と料理している。門番たちも楽しげに会話しながら手伝っていた。

（双子ちゃんはうちから誘ったけど……旦那にしてもさあ）

人を食ったような態度の自分なんかのどこを信用できるのか。

なのに双子は、悪魔族の話を素直に聞いてくれる。

ココリコもこのキャラバンは性に合うと言ってくれた。

助けるつもりはなかったのに関わってしまったからと半端に手を伸ばす。裏切り者の悪魔族らしいなと、スルの胸が痛んだ。

「――ココリコの面倒まで見てくれてありがとうな」

悩みの原因である門番がやってきて、スルは嘆息を吐く。

まさか迷い狂いの町を脱出するどころか崩壊させるとは思わなかった。

町が深い霧に包まれていたので外から監視はできなかったが、経緯は全部聞いている。

（勘違いで済むレベルじゃないよ）

スルがジト目で見ると、門番は首を傾げて隣に座った。

「俺に言いたいことがあるのか？」

しまった。いかにも文句があるように睨んでしまった。

けど今さら取り繕うわけにもいかないかと、スルは口をひらく。

「……旦那、ちょっと迂闊に信用しすぎだよ」

「？　アリスとクリスも良くしてもらっていると言っていたけど」

「それは……ちゃんと面倒見るつもりで……。そうじゃなくてさ。うちら、流浪の民で有名な悪魔族なわけで……」

声が消《き》え消《ぎ》えになってしまう。

これじゃあ隠し事があると暗に言っているようなものだ。スルは唇をむすび、居たたまれなくて逃げ出したい気持ちを耐えた。

さすがに門番も困ったように首をかいていた。

「スルは……悪魔族は灰色の地点《グレースポット》を渡り歩いているんだよな」

「……」

「住みたい場所はなかったのか？」

スルは黙ったままでいようと思った。

けれど、彼の素朴でまっすぐな瞳に心の隙ができる。

「…………約束なんだよ。絶対に破っちゃいけない約束」

スルは楽しそうに騒ぐ仲間たちに視線をやる。

自分が守りたい景色を見つめながら少しずつ語っていく。

「大戦時、うちらのご先祖様が魔王側についたってのは知っているよね」

「ああ」

「悪魔族は闇に耐性のある魔性に近い存在。どの土地でも良い顔されなくてね。だからご先祖様は自分たちだけの土地を欲しがったんだ」

「……魔王についた条件ってのは」

「悪魔族だけの土地がもらえる約束だったんだ。さすがに世界の半分じゃないけどね」

スルはご先祖様への恨み節を吐こうとしたが、やめた。

気持ちは痛いほどにわかるからだ。

「旦那。うちらのご先祖様が交わした約束は、子孫末代にいたっても消えることが誓約なんだ。……悪魔族はね、強大な魔性と誓約した代わりに『魔性の願いが成就するまで、永住できない呪い』にもかかったんだよ」

儀式の中で極めて強力な『血の祝福』が種族全体におよんだ。

もちろん血の祝福は一方的なものじゃない。合意あってのことだ。夜の闇に強くなった利点もあるし、病魔にもかかりにくくなった。

しかし血に刻まれた誓約は強く、魔性に支配されたと変わりない。

特に、悪魔族のまとめ役になる者には血の祝福が色濃く反映される。

スルがそうであるように。

門番は似たような呪いを聞いたことがあるのか、思案顔でいた。

「……だからさ旦那、迂闊に信用すると大変だよー？」

スルはこの話を終わらせようと、いかにも悪そうに笑ってやる。

そんなスルの笑みを、門番は迷いなく受けとめた。

「それはスルを？　それとも悪魔族を？」

「？　旦那、それはどういう……」

「なあ、昔の悪魔族のままってわけじゃないんだよな」

「……そりゃまあ、いろいろありましたし」

「スル。俺はさ、楽しそうだと思ったんだ」

門番はスルと同じように悪魔族の馬鹿騒ぎを眺めた。

新しく加入したココリコが、仲間と共に馬鹿笑いしながら歌っている。

「楽しそう？　いつもの馬鹿騒ぎだよ」

「うん。ココリコも、アリスもクリスも、居心地良さそうにしているよ」

「なにが言いたいわけさ？」

「俺は門番として……町をよく見ていたから思うんだけどさ」

本当にただの門番なのか怪しいけどねとスルは思う。

その彼は優しげに微笑んだ。

「楽しい居場所を作るのは大変なことだよ。それを守ることは……もっと大変なことだと思う。今の悪魔族が楽しげで、居心地よく騒げているのならさ。それは陰で誰かががんばって、支えているからだと思う」

「それがうちって言いたいわけ？」

トゲのある声で言った。

はずんだ声になっていないか、スルはちょっと心配になった。

「君が仲間を見守っているのがよくわかるよ」

「……別に。ほっとけないだけで」

「そんな人がまとめ役ならさ。俺は……迂闊に信用できる理由になると思うんだ」

そっけなく返さなければ。

じゃないと彼の言葉がするりと耳に入って、心に届いてしまう。

本当に、ただの門番なのかもしれない。どこにでもある普通のことを、すごく大切にしている人なのかもしれない。

(こんな機会で会いたくなかったな……)

スルは表情が崩れてしまう前に、意地でも悪そうに笑ってやった。

「ふーん。そ?」

悪魔族の誰かがやらなければいけないのなら自分がやるしかない。

三邪王のことも仲間たちは知らなくていいことだ。

なにかあれば、すべて自分が責任を負えばいい。

「いつか痛い目を見るね、旦那は」

そうしてスルは悪そうな笑みにすべてを隠した。

◇◇◇

スルは暗黒神殿の廊下にいた。

底なしの沼地。未踏の大地。法の目が届かない昏き地下。灰色と灰色が重なりあった暗黒地点。魔性がひそむにはピッタリの場所だ。

夜の闇もあいまって雰囲気最悪の神殿を、スルは難しそうな顔で歩いていた。

(どう説明すればいいのかなあ……)

門番やココリコからも経緯は聞いたが、ふざけているとしか思えない話だ。

迷い狂いの町に捕まったら恐怖に支配されて、いつしか死に囚われてしまう。

なのだが、怪奇現象だと気づかなかったってどーゆーこと。

(術にハマらなければ、ただの町はそうかもだけどさ)

それで彼らが助かったのだから喜ぶべきだが、釈然とはしなかった。

スルは今から経緯を説明しなければいけない立場にある。考えるだけで頭が痛くなり、廊下に並ぶ魔王の彫像が自分をあざ笑っているように見えた。

(……みんなの楽しいを支える人か)

スルが難しい顔でいるのは他にも理由があった。

門番の言葉が心に刺さっていたのだ。

スルの血筋は悪魔族のまとめ役となる。

大戦時の記録が代々語り継がれてきており、三邪王が滅んでいないことも、彼らがいずれ蘇ることも伝えられていた。そうしてスルが幼いときに三邪王は蘇り、彼らが真に力を取り戻すため長いことこき使われていた。

悪魔族の仲間はそのことを知らない。

知る必要がないと思っている。

みんなが安心して暮らせる場所……それは先祖からの悲願なのだ。

(……どの道、選択肢なんてないよ)

血の祝福があるかぎり、魔性に逆らえるはずもなかった。

重々しい両扉の前で立ち止まる。

「三邪王様、スルがまいりました」

ゆっくりと扉がひらいていき、禍々しい魔性の霧が床下から伸びてくるが、邪王の間の空気はいつになく軽い。

(邪悪な空気なのは変わりないんだけどね)

スルは彼らを刺激しないようにゆっくりと視線をやる。

背もたれの長い椅子にいる三邪王は動揺しているようだった。

特に邪王サオウが神経質そうに身体をゆすっている。

「ふひっ……バ、バカな……。僕の迷い狂いの町が……どうして滅んだんだ……。ありえないありえないありえない……」

ありえないを連呼する邪王サオウに、邪王ウオウが聞いた。

「サオウ、町全体が術式なら戦闘中にどっか壊れたんじゃねぇのか?」

「ち、ちがうんだ……。あの町に迷いこんだ時点で術中なんだ……。あとはゆっくりと死に囚われるだけなのに……ふひひひひひひひひひひっ！」

邪王サオウは痙攣したようにふるえた。混沌の魔性とも呼ばれた同胞の乱れっぷりに、邪王ウオウは黙ってしまう。

するとと邪王チュウオウが息を吐き、ねっとりとした声で呼びかける。

「愛しぃスルよ」

「はい、邪王チュウオウ様」

スルは前に進んで、恭《うやうや》しく膝をつく。

説明するのすごくイヤだなーと内心で思いながら、邪王チュウオウの言葉を待った。

「彼《か》の者たちはなぜ死に囚われなかったのだ？」

「怪奇現象を古代遺産の暴走だと勘違いしていたそうです」

「古代遺産の暴走？　町には死者が彷徨っていたのだろう？」

「それも古代遺産の暴走だと勘違いしていたそうです」

「……どこをどうすれば、そう勘違いするんだい？」

ひりついた空気を感じる。

邪王たちがあきらかに苛立っているとスルは思った。

「例の者の仲間がゾンビに噛まれてもゾンビ化しなかったので『町の人はゾンビじゃない。ゾンビっぽい人』だと思ったそうです」

「ゾンビ化しなかった？　……優秀な術師がいたのかい？」

「いえ、思いこみの強い獣人がいまして……。ゾンビを信じていなかったのでゾンビにならずにすんだそうですが、本当にゾンビだとわかった途端ゾンビ化して……あ、えっと、その獣人は思いこみでゾンビ化から回復しました」

スルは自分で説明していて頭がどうにかなりそうだった。

邪王チュウオウは完全に沈黙している。

空気に耐えきれなくなったのか、邪王ウオウが怒鳴った。

「ふざけてんのか⁉︎⁉︎⁉︎」

邪王の間がビリビリとふるえる。

ふざけてないが実際そうらしいのでスルはもう言葉に困った。

潰されるんじゃないかと怯えていると、邪王ウオウの怒りを邪王チュウオウが手で制する。

「ウオウ、落ち着きたまえ」

「だがよ！　こいつ、俺たちを舐めてやがるぜ‼︎」

「彼女は私たちに嘘の報告をするわけがない。……そうだろう？」

邪王チュウオウがささやくと、スルの心臓に鋭い痛みがはしった。

血の祝福をもちいて、魔性の支配者として苦痛を与えてきている。

気絶はせず、ギリギリどうにか会話ができるぐらいの激しい痛みだ。スルは苦痛をこらえながら答えた。

「も、もちろんです、三邪王様」

スルが声をひねりだすと、苦痛が消える。

嘘みたいな報告だが受け容れてはくれたらしい。

スルが顔には出さずに安堵していると、邪王チュウオウが馬鹿馬鹿しそうに言う。

「どうやら私たちは勘違いをしていたようだね」

邪王チュウオウの落ち着いた態度に、邪王サオウが痙攣を止めた。

「ふひっ……勘違いだって……？」

「王都の密命を帯びた者ではないかと疑いもしたが、なんてことはない。私たちが相手している者はとびきりの……阿呆だね」

スルは口を挟まなかった。門番一行にフォローしづらい箇所が多々あったからだ。

邪王チュウオウは言葉をつづける。

「やれやれ、迷い狂いの町が滅びた原因が阿呆のせいとは。そんな阿呆共が英雄のわけがない。奴らが魔王様の分身体を倒したのも疑わしいね。もしや魔王様の策じゃないかな」

「ふひっ……魔王様が倒されたフリをしたとか……？」

「人間共を油断させるためかもしれないね」

「ふひひ……なら、まだ王都の地下に封印されたままの可能性があるかな……？」

「そこまでは言わないが、調べなおす価値はあるようだ」

邪王チュウオウは門番一行への警戒を下げたみたいだ。

スルはちょっと疑問に思う。

（嘘みたいな話だけど、そこまで馬鹿にしなくても……）

ヴィゼオールも、迷い狂いの町も、滅んだのは嘘じゃない。

門番たちの強さを認めたくないみたいだと、スルは思った。

「愛しいスル」

「はい、邪王チュウオウ様」

スルは心情が顔に出ないよう気を引きしめる。

「奴らの旅に同行するんだ」

「えっ……それは……？」

「そこまでの阿呆共なら裏を警戒する必要はないだろう。内側にもぐりこみ、彼らの正しい実力と目的を調べておいで。……もちろん、寝首をかいてもかまわない」

裏切り行為を仄めかされて、スルはただ真顔でいた。

いつもどおり、忠誠を疑われる前にうなずくべきだった。

（声がでない……）

この場かぎりの言葉が出てこない。

ねっとりとした殺気が肌にまとわりついてくる。

八つ裂きにされるかと思ったが、その前に邪王ウオウが大声をあげた。

「なら、おあつらえ向きの奴がいるぜ！　邪鬼ヴァニー！　奴に阿呆の相手をさせる‼」

「ふひっ……邪鬼ヴァニー？　死んでいなかったんだ……？」

邪王サオウが興味を持っていた。

「ああっ、血の気がありすぎて俺に反抗しやがるから地中深くに封印したんだ。封印は俺の魔力と紐づいている。それを切れば今すぐにでも暴れだすぜ」

「ふひっ……血の気がありすぎるね？　君が言うのならよっぽどだよ」

「だははっ！　そう褒めるな褒めるな！」

邪鬼ヴァニー。聞いたことのない名だとスルは思った。

だが邪王チュウオウもよく知っているのか、この案に満足そうだ。

「良い駒を残していたようだね。ウオウ」

「ふははっ！　邪鬼ヴァニーの名を聞くだけで人間共は泣き叫んだぐらいだからな！　血を求める深紅の瞳！　竜に匹敵する滑らかで頑強な鱗！　長い耳は人間の悲鳴を聞き逃さない！　こと狩りに置いては邪鬼ヴァニーの右に出る奴は……いいや、も・う・一・匹・い・る・か・」

ひっかかる言い方に、スルは眉根をひそめる。

邪王ウオウは暴力に酔いしれるように笑いつづけていた。

「ぐははははっ！　封印の地では凄惨な伝承が語り継がれているだろうさ！　そうだスル！　邪鬼ヴァニーを解き放つと人間共に伝えておけよ！　面白いことになるぜ！」

人間が泣き叫ぶ姿を想像したのか、三邪王は嬉しそうに笑った。

三邪王はすっかりご機嫌を取りもどしたようだが、スルには疑問があった。

（そんな伝承あったっけ……？）

大昔の話が歪んで伝わることはあるだろうが、邪鬼ヴァニーなるモンスターの血みどろ伝承は全然聞いたことがない。

だけどここで『そんな伝承は知らないっす』なんて言えるはずもなく。

「かしこまりました、三邪王様」

言われたとおり、邪鬼ヴァニー復活の噂を流そうと決めた。

三章　ただの門番、バニー村の因習に気づく

「門番ストライク！」

「うびゃあああああああああああ！」

洞穴で影をまとったモンスターの絶叫がひびいた。

俺の門番ストライクが致命傷になったようで、影をまとったモンスターは全身から黒い煙を吐きだして、さっくりと消えていく。

「はー……ビックリした。いきなり湧くんだからさ」

俺は息を整えながらロングソードを鞘におさめる。

旅の途中、ちょっと休憩にと洞穴に入ったらモンスターがいきなり襲いかかってきたのだ。

俺が手早く片づけたからか、サクラノは少し物足りなさそうだ。

「師匠、今のモンスターは初めて見るものですね」

「俺も見たことはないな」

「この地の支配級モンスターでしょうか？」

「ないない。だって雑魚だったし。姿が珍しいだけのモンスターだよ」

冬眠から目覚めた獣ばかりに獰猛だったが、まあ楽に倒せて良かった。

倒したモンスターが気になるのか、ハミィは洞穴内を観察している。

「せ、先輩……。洞穴に封印の痕跡があるわ……」

「今のモンスターは封印されていたってこと？」

「あ、あるいは封印の楔《くさび》だったのかも……。災いが起きたらどうしよう……」

「うーん……洞穴には簡単に入れたし、俺たちが来るずっと前から封印は解けていたんだよ。今のはそこに居ついたモンスター。気にすることはないさ」

心配しているハミィを安心させるように言った。

立ち入り禁止なんて札もなかったし、この近辺で大きな災いが起きた話も聞かない。封印されていた存在はとっくの昔に消滅したのだと思う。

と、背後でぶつぶつとつぶやく声がする。

「そんな……たぶん、邪鬼ヴァニーだよね……」

スルだ。彼女は一時的に旅に同行していた。

俺たちの向かう先に用事があるらしく『旦那ー、護衛を頼むよー！』とお願いされたのだ。悪魔族には双子やココリコが世話になっている。快く承諾した。

なんだか狼狽しているようだけど。

「スル？　なにか気づいたのか？」

「？　な、なんだい、旦那！」

「なんだいって……もしかして今のモンスターを知っていたのか？」

「いや知らないよー！　それよりもさ！　旦那、めちゃくちゃ強いね……？」

スルは俺をまじまじと見つめてきた。

労いの言葉だと思うけど、そこまで大袈裟に褒めなくても。

「そこまで持ちあげる必要はないぞ」

「も、持ちあげる!?　うち、そんな気は……」

「これでも俺は元王都の兵士だしな。王都の兵士ならこれぐらいできて当然だ」

「……旦那みたいな兵士ばかりなら王国は世界を制覇しているよう」

スルの笑顔にちょっと距離を感じる。

もしや、血気盛んだねと言いたいのだろうか。

武闘派の仲間たちに影響されてか、確かに最近は問答無用でモンスターをばっさばっさ斬っている気がする。

自省すべきかなと考えていると、サクラノが彼女に耳打ちしようとした。

が、メメナが笑顔でそれを止めた。

「そうじゃなー。兄様は元王都の兵士じゃからな。とっても強いんじゃよ」

サクラノが少し戸惑ったようにまばたいた。

「メメナ……？　師匠は確かに元王都の兵士ですが……」

「王都の兵士は手練ればかりじゃものな。なあサクラノ？」

「えーっと……はい、そうですね。……王都の兵士はすごいです」

サクラノ、妙な反応だな。王都の兵士の強さを現実としてまだ受け止められないのかも。

スルがありえなさそうに叫ぶ。

「待って!!　王都の兵士が旦那みたいな強さだと本当に思っているの!?」

スル、王都の兵士の強さを知らないみたいだ。

王都の兵士はモンスターが湧く下水道を管理する。鍛えて当然なのだ。

まあ、魔王分身体騒動のときは湧きすぎだったのだが。もしかして悪魔族は契約のせいで王都に立ち寄れないのかもしれない。王都で悪魔族を見たことないし。

俺がそう納得していると、メメナが不思議そうに聞いた。

「ふむ？　スルよ、兄様が強いと困ることでもあるのかえ？」

「……それは、ないけどさ」

「なら別によいではないか」

「…………うん」

スルは気まずそうに目を伏せた。

それからメメナはにんまりと微笑み、「では目的地に向かうかの。もうそろそろじゃよー」と機嫌良さそうに鼻歌を漏らした。

今回の行き先はメメナが申し出た。

なんでも『極めて重大でとても見逃すことのできない』村があるらしい。

どんな村かは教えてくれなかったけれど、近いのならもう教えてくれるかな。

「なあ、メメナが行こうとしている村はどんな村なんだ？」

「うむうむ、それはじゃな」

「それは？」

メメナはそりゃあもう愉快そうに微笑む。

「バニー村じゃよ♪」


ご機嫌なメメナに先導されて、その村までやってくる。

モンスター被害が少ないのか周りに柵はなく、牧歌的でのんびりとした村だった。

ただ一点、極めて目立つものがあるが。

あっちにはバニースーツを着た女の子。

こっちにもバニースーツを着た女の子。

ウサ耳ヘアバンドを頭につけて、肩だしボディスーツを着ている。ストッキング（または網タイツ）はどこからどう見てもバニースーツ。

淑女から少女、お婆さんにいたるまで全員バニースーツだ。

さすがに男はウサ耳ヘアバンドのみだが。

バニーだらけの村に、メメナが瞳をキラキラ輝かせていた。

「えっちな村じゃー！」

メメナの歓喜の声がひびき、バニーな村人たちが俺たちを見つめる。

「ちょ！　メメナ！　声が大きいって！」

「兄様！　噂どおりバニースーツを着た子がいっぱいおるぞ！　可愛らしいのう！」

いつもは落ち着いているメメナが大興奮。どうしても訪ねたかった村らしいけれど、想像以上のバニーっぷりには俺もびっくりだ。

サクラノたちも物珍しそうにキョロキョロしている。

すると、バニーなお姉さんが話しかけてきた。

「ふふっ、子供は正直ね。冒険者さんかしら？　驚きますよね」

俺は気恥ずかしさに頭をぺこりと下げる。

「す、すいません。いつもは落ち着いた子なんですが……。す、すごい村ですね……」

「ここはバニー村。バニースーツの名産地ですから」

バニー村。かなりまんまな名前だ。

メメナからも教わったがバニースーツの名産地らしい。

古代文明から好事家に愛されつづけるバニースーツ。えっちな衣装だと侮るなかれ、由緒正しき歴史がある。

大戦時の勇者パーティーに、バニースーツを着た遊び人がいた。

彼女はのちに聖女として覚醒するのだが、それまではバニースーツで戦っていたのだ。

ただのバニースーツで戦いを生き残れるはずがない。もしや副次効果があるのではと学者が真面目に研究して、術を使うにはなかなか最適な服装だと判明する。

高級バニースーツは一級品の装備だ。

王族貴族の華やかな場ではバニースーツ姿の護衛もいたりする。ただヴィジュアル面が人を選びすぎるので、いろんな意味で手が出しづらい装備だった。

ここはバニースーツの名産地。バニースーツ職人がいる村らしい。

バニーなお姉さんは、村の特産品を完璧に着こなしていた。

「冒険者さん。普段は村のみんな全員が着ているわけじゃないんですよ」

「そうなんですか？」

「いつもは三割ほど」

「三割は着ているんだ」

「今は、もうすぐバニー祭りですから」

バニーな村人ばかりのバニー村のバニー祭り。

情報で頭が溶けかけていると、メメナがわくわくした表情でたずねた。

「バニー祭りとはいったいなんじゃっ？」

メメナの待っていましたと言わんばかりの笑み。

さては祭りを知っていたな？

とても頼りになる少女だけど、面白そうだと思ったら黙る。あるいは裏で手を回す悪戯好きであるのも知っていた。

「バニー祭り。それは、ヴァニー様を讃える祭りです」

バニーなお姉さんは、そうして村の歴史を丁寧に語ってくれた。

――大昔、この地は魔王配下の邪王に支配されていたのだとか。

邪王が放つモンスターはどれも凶悪で、生半可な戦士じゃ太刀打ちできない。人間はただただ恐怖に怯えるしかなかった。

そんなとき助けてくれたのが、とあるモンスターだった。

紅き瞳、滑らかな鱗、二つの耳。ヴァニー様だ。

ヴァニー様は邪王の眷属だったが、今を懸命に生きる人間を好きになった。

邪王に反旗をひるがえし、自分の姿を模した『伝説のバニースーツ』を人間に与えて、共に戦ったそうな。

そうして邪王をしりぞけるもヴァニー様は深く傷ついてしまう。

自らを封印して地中で眠りにつき、今もバニー村を静かに見守っている。

バニーなお姉さんは誇らしげにそう語り終えた。

「――というわけなんです」

「そんな伝承が。バニー祭りは由緒正しき祭りなんですね」

トンチキな祭りかと思っていた。人間と魔物が手を取りあった姿、この目で見たかったな。

と、スルが両手で顔を隠していたことに気づく。

なにその反応。どういう感情？

「そうだ冒険者さん！　バニー祭りに参加してみませんか！」

「……部外者が参加して大丈夫なんですか？」

「村長と一度お話ししていただくことになりますが、きっと喜びますよ！　参加者は多いほど祭りも盛りあがりますし、どうでしょう？」

バニーなお姉さんは純粋な好意で言っているようだ。

うーん……。バニースーツだらけの村と聞いたときは『怪しいしかない！』と思ったけど、話を聞くとちょっと変わった風習なだけだよな。

村に留まって調査するほどではないが、メメナがねだってきた。

「兄様ー、調査のためにも参加するべきじゃよー」

「……最初からこれ狙いだったな？」

「ええじゃろええじゃろー。楽しそうな祭りは参加するべきじゃよー」

メメナは楽しさを堪えきれないといった笑みで、戸惑っているサクラノとハミィの手を掴んでいた。

二人を逃がす気はなさそうだ。

まあ、いつも大変な冒険ばかりってのもな。

「じゃあ、村長さんのところに行ってみようか」

「さすが兄様じゃ！」

メメナはわーいと嬉しそうにし、バニーなお姉さんに道を聞いていた。

俺が苦笑していると、村人たちが神妙な顔つきで会話しているのを見かける。

「噂は本当なのか……？」

「封印が解ける時期だとか……村長はなんと……？」

「復活するともなれば……」

お祭り前だってのに剣呑な雰囲気だな。

無事に開催できるかでピリピリしているのかな。祭りの準備は神経を使うからなあ。俺も王都でよく手伝っていたしわかる。

と、どこか陰のある少女が視界を横ぎっていく。もちろんバニースーツ姿だ。

少女はウサ耳をゆらし、ぴょんぴょん跳ねていた。

「ぴょんぴょんしゃん♪　ぴょんぴょんしゃん♪」

陰のある少女が歌いだす。

「兎の村で飛び跳ねる。皆《みな》が尻を突きだし飛び跳ねる♪

兎の目はどうして紅い。どうして耳が二つある♪

ぴょんしゃんぴょんしゃん♪

可愛い可愛い兎様。いとしやいとしや兎様♪

ヴァニーバニーバニースーツ。魅惑蠱惑のバニースーツ♪

皮をなぞったバニースーツ。逆《さか》さなぞれば、ああっ怖い♪

逆さ逆さ、逆さは怖い♪

逆さバニーは恐ろしや♪」

逆さバニー？

怪しい言葉に訝しんでいると、バニースーツを着たお母さんが少女の手を掴む。

「逆さ歌で遊ぶんじゃありません！　……連れて行かれるわよ！」

そう言って、少女を強引に引っぱって行く。

俺はそのとき、村に漂う因習の気配をうっすらと感じていた。


村長の家に訪れて、お手伝いさんに用件を伝えると部屋に通される。

そこは豪勢な応接間で、来賓用の大きなテーブルにふかふかソファ、壁には高価そうなバニースーツが飾られていた。

ただの冒険者がどうしてこんな部屋にと、俺たちは面食らう。

とりあえず交渉に強そうなメメナとスルには隣に座ってもらい（サクラノとハミィは別ソファ）、村長に用件を伝えた。

「――それで村長さん、バニー祭りに参加してみたいのですが」

村長は若い男で、ウサ耳へアバンドをつけていた。

村長は溌剌とした表情で答える。

「ぜひぜひ参加してください！　……今晩の宿はお決まりでしょうか？　私の家には空き部屋もあり

ますし、よければ使っていただいても！」

「い、いえ、そこまでしてもらわなくても大丈夫です」

話がトントン拍子で進むってーか、やけに親切だな。裏があるのかと勘ぐってしまうぞ。

と、村長が張りついた笑顔で菓子を差しだしてくる。

「ささっ、長旅でお疲れでしょう。村の名物はいかがでしょうか」

「あの、村長さん……この菓子は……？」

「ヴァニー様キャンディーです」

バニースーツ姿の可愛らしいウサギの飴細工だった。

邪王とやらに反旗をひるがえし、人間と共に戦ったヴァニー様は愛らしく象られていた。

コツンッと音がする。

スルがテーブルに頭をこすりつけていた。

「スル？　なにその反応？」

「……おかまいなくぅ」

甘いものが苦手なのかな。

村長もそう思ったのかヴァニー様キャンディーをテーブルに置いて、今度は別のものを差しだしてきた。

「こちらはいかがでしょう？　村名物のパンでして」

「……村長さん、このパンはなにを象ったもので？」

「大昔、この地で悪さしていた邪王を象った……邪王パンです」

「邪王パン」

いかにも悪そうな顔のパンだ。名前といい、食欲があまり掻き立てられるものじゃないが。

ドゴンッと鈍い音がする。

スルがテーブルに頭を叩きつけていた。

「スル？　……どういう感情？」

「…………………おかまいなくぅ」

パンも苦手なのかな？

流浪の民で好き嫌いが多いですってのはかなり大変そうだけど。

スルの妙ちくりんな反応に、村長は慌てて次のものを差しだす。

「ではヴァニー様チョコレートはいかがでしょう！　こちら甘さひかめで、当たりつきのものがあるんです！　当たりの銀ヴァニー様を5つ集めると、特別なバニースーツと交換できるようになっておりまして――」

「ちょ、ちょっと待ってください！」

いきなり商品紹介をはじめたので、俺はさすがに待ったをかけた。

隣のメメナがうーんと唸って、村長にたずねる。

「村興しか？　村長殿」

落ち着きなさいとたしなめる声色に、村長はハッと我に返った。

村長は気まずそうに商品を下げる。

「……おっしゃるとおりです。お恥ずかしい」

「なーんも恥ずしがることはないぞ。村の長《おさ》ともなれば行く末を心配するのは当然じゃ」

メメナは元族長らしく威厳ありげに微笑んだ。

村長はただただ恐縮そうに苦笑いする。

「……名産とは言いましたが、実はようやく形になったばかりのモノでして。外の人の反応が気になるあまり強引になりすぎました」

「ふむ、バニー祭りは盛りあがっておらんのか？」

「…………昔に比べると、いささか。見物客も少なくなりました」

重苦しい声に、いささかじゃないのは察した。

村長は責任を感じたのか背中を丸め、ウサ耳へアバンドも垂れ下がった。

「村のバニースーツの評判は悪くありません。ですが、バニー村はあくまで職人の村。村も主要路からは離れていて人の定着率が悪く……若者は王都に住みたがります。今はまだ村のていを保っていますが、いずれは……」

俺が見たかぎり、村は廃れていなかったが。

村長として先の先まで考えたゆえか。励ましたいけど、俺も自分を変えたくて田舎から王都にやってきた手合いだしな……。

村長は額の汗をハンカチでぬぐいながら、スルに視線をやる。

「よろしければですが……。バニー村の名産品を流通させるため、悪魔族の販路をつかわせていただけないでしょうか？」

「ええっ、うちらの!? ど、どうかなあ……」

「ぜひに、ぜひに！ どうかご一考を……！」

「……邪王パンはさすがにマズイなあ」

「では邪王木刀！ 邪王キーホルダー！ 邪王ワッペンなど他にも商品が！」

スルは下唇を噛み、なんだか笑うのを必死で耐えているようだ。

悪魔族。他種族に避けられてはいるけど嫌われてはいないな。定住しないのが不気味がられているだけだ。ちょっとしたキカッケで関係が良好になるんじゃ。

しかしスルの笑いのツボがわからん。

実は笑い上戸なのかなーと思っていると、扉が勢いよくひらく。

「——災いがくるぞおおおおおお！」

老婆の絶叫がひびき、俺たちは金縛りにあったかのように固まった。

な、な、なんだ？？？

突如あらわれた老婆は祈祷師みたいな恰好だ。それでもウサ耳へアバンドはしている。

老婆は目玉が飛び出そうな勢いで村長を睨む。

「逆さバニーに手を出してはならん!!」

村長は表情を青ざめさせたが、すぐ笑顔になった。

「アヤシ婆様、今はお客様とお話ししている最中でして……。あ、この方はアヤシ様と申しまして、村の相談役を担っております」

「逆さバニーに手を出してはいかんのだっ!!」

「その話は終わったではありませんか。ええ、手を出しません……」

「騙《かた》るでないわ！　お前は逆さバニーの恐ろしさを知らんのだ！　よいか！　アレはこの地に災いを呼び寄せる！　逆さバニーはバニーの忌み子よ！」

アヤシ婆はまくし立てた。

……逆さバニーだって？

陰のある少女も歌っていたがいったいなんだ。

俺がただならぬ因習の気配を感じていると、騒ぎを聞きつけてお手伝いさんがやってくる。そして、興奮しているアヤシ婆を強引に連れて行った。

「逆さバニーには手をだすんじゃない！　村に災いがくるぞおおおおおおおおおおおおおおおおおおおおおおお……！」

アヤシ婆の声がだんだん遠くへ消えていく。

耳にいつまでも残るかのような絶叫だった。

俺たちはどう反応すればいいのか困っていると、村長がへりくだったように笑う。

「ははは……みっともないところをお見せしましたね。バニー祭りを開催するにあたり村人同士で揉めまして……本当にたいしたことはないのですが」

村長が嘘を吐いていると、滝のように流れている汗で察せた。

バニー村。邪王と戦ったヴァニー様。逆さ歌。逆さバニー。

点と点ではささいな違和感でも、線となれば異常を描いていた。

この場で俺一人だけが気づいたと思う。

牧歌的な村にひそむ、目をつむりたくなるほどの人間の闇を――。


そんでもって翌日。

「バニー村にようこそ！」

俺の門番台詞が村の中央広場で炸裂する。

余所者の俺は、いつもなら村の人から距離を置かれたりするが今回はそうでもない。バニー祭りが近いので人の出入りが多く、警備ができる人間は貴重なのだ。

「バニー村にようこそ！」

バニースーツを着た村人や、流れの冒険者が俺を素通りして行く。

そうそう、この置物感だよ。久々だなあ！

「……旦那はなにをしているわけ？」

スルがジト目で俺の隣に立っていた。

「見てわからないか？」

「んー、わかりたくないなあ」

わかりたくないときたか。相互理解は円滑な人間関係に大事なことだ。

俺という存在がいかにしてこの世界に立つのか語らねば。

「祭りまで暇しているってのもな。困っていることはないか、手伝えることはないか……。特に門番の席は空いてないか村長さんに聞いたんだよ」

「門番の席が埋まることとなんてあるのかなー」

「あるさ。俺がこの世界にいる限り、門番の席は必ず埋まる」

「かっこいい台詞っぽく言われましても」

俺はキリリと表情をつけて言ったが、スルにはさらりと流された。

スル、明るくてサッパリした性格のようで根はシニカルだよなー。

とまあ暇つぶしで警備をしているわけじゃないと伝えておかねば。

「……実はさ。この村の日常に潜りこむためでもあるんだ」

俺が声のトーンを落として言ったからか、スルは真面目な顔になる。

「やっぱり旦那、王都の兵士ってのは世を忍ぶ仮の姿だったんだね」

「へ？？？　いや特にそういう設定はないけど……」

「……あ。そう」

スルは脱力したように肩を下げた。

「えっと……設定、作ったほうがいいのか？　実は俺、勇者だとか」

「無理に作らなくてもいいよ。話をつづけて」

まあ俺が勇者だってのは無理がありすぎるか。なにかご期待に沿えなかったのかなーと不安になりながら、こしょこしょと告げる。

「……スル、この村にはとんでもない隠しごとがある」

「隠しごと？」

「村の人は必死で隠しているけどさ、俺には隠しごとが通じない。門番業務で鍛えあげた直感が『超ヤバイ』と伝えてくるんだ」

「旦那の直感のほうが怪しいんだけど」

なぜに？？？

不審者を見つけるのは得意なほうだったのに。

「それで、旦那が気づいた隠しごとってのはなんなのさ」

「それは『逆さバニー』だよ。おそらく、ものすごく危険なものだ。俺にはわかる」

「あれだけ騒げば誰だって怪しいと思うよ？？？」

スルの瞳が冷え冷えとしている。

うんまあ、俺以外にも気づいている人がいたのならそれでいいんだ。

「つまり旦那は村を内から調査するため警備をしているの？」

「だな。バニーだらけのバニー村。人間と共に戦ったヴァニー様。そして逆さバニー。この村には、歴史の闇に抹消された闇がひそんでいるのかもしれない」

しまった。闇を二回も言ってしまった。

ゆるんだ空気にならないよう真顔でいたが、スルにくすりと笑われる。

「旦那はずっとそんな調子だったんだね」

お馬鹿だなーと思われたのだろうか。真面目も真面目なのだが。

でもスルの自然っぽい笑みは貴重だ。笑われていよう。作り笑顔が多い子だし。

「ところでスルの用件はいいのか？　俺たちに付き合う形になったけど……」

「んー……うちもこの村が気になったし、大丈夫だよ」

なるほど、悪魔族の取引先になりえるか裏を探っておきたいわけか。

しっかりしているなと感心していると、元気な声が背後から聞こえた。

「兄様たちー！　お待たせなのじゃー！」

「メメ……なっ!?」

ふりかえった俺は目を見開いた。それはもうガンガンに見開いた。

だってとっても愛らしいウサギバニーが三人もいたからだ。

まずはサクラノウサギ！

ウサ耳へアバンドをぴょこんとゆらし、周りの視線をチラチラと気にしている。

サクラノは手足が長くて、すらりとした体系だ。綺麗な足はストッキングが映えているし、肩から腕のラインは無駄がない。形のよい胸がボディスーツで強調されている。普段は露出度がひかえめな

分、ギャップでより際立っていた。

「師匠ー……肌がスースーします……」

「おおー！　可愛――」

「う、うぅー……！」

頬の赤いサクラノはカタナをちゃきりとさせた。

……まあカタナは手放せないよな。いやでもバニースーツとカタナって意外と合うな？

俺がじっくり見つめていると、サクラノが不安そうに眉毛をゆらした。

「し、師匠……あの……その……」

「可愛いよ、サクラノ！　すごく可愛い!!!!!!　ずっと見ていたいぐらい可愛い!!　バニースーツにカタナってのもすごくいいよ！」

ちょっと物騒かなと思ったけど、可愛いものは可愛い！

もちろん、バニースーツ姿のサクラノがべらぼうに可愛いので褒めまくった。師匠である前に、俺は自分に正直でいたかった。

サクラノは湯気がでそうなほど顔が真っ赤になる。

「はひゅー……！」

照れたサクラノが鞘にカタナを高速でちゃきちゃきした。

そんな仕草も可愛い！

いやちょっと怖い……いや可愛い!!!!!!

俺が可愛いと怖いの狭間でゆらいでいると、第二の刺客が逃げようとしたので、銀髪少女に背中を押された。

お次はハミィウサギだ！

ハミィはウサ耳ヘアバンドを弱々しくゆらしている。

バニースーツを着たことにより、彼女はむしろ露出度が減ったと言わざるをえない。

だがちがうっ、ちがうのだ！　露出度はささいな問題なのだ！

ボディスーツに彼女の魅力がこれでもかと凝縮されている。彼女を支えるしっかりとした両足は、網タイツでさらに『強さ』がにじみ出ていた。

そしてボディスーツを破壊しかねない爆乳！

強い！　ただただ強い!!!!!!　強い!!

「ハ、ハミィ……牛獣人なのに好奇心に負けて、バニースーツを着ちゃったぁ……」

当のハミィは羞恥と後悔に苛まれるような表情でいた。

気にするところはそこなのか。牛獣人として着ることに抵抗があったみたいだが、魔術師装備で優秀なバニースーツの誘惑に負けたらしい。

「すごいぞハミィ！」

「せ、先輩……？」

「すごい！　すごい！」

「ハミィ、すごいの……？」

「すごい!!!!!!」

語彙が足らなくて、すごいすごいと俺は繰りかえした。

むしろ俺ごときが言語化することで魅力が損なわれる気すらした。

すごいものはすごい。それだけでいいのだ！

「すごい!!!!!!」

「え、えへへ……。さっそくバニースーツの魔術効果がでたみたいね……」

ハミィは恥ずかしながら嬉しそうにした。

ふうう～……まったく！　サクラノもハミィも自分からバニースーツを着る子じゃないぞ！　おおかたメメナが誘導したんだろうな！

……やれやれ、ホント悪戯好きだ。

君という仲間に出会えて、俺は幸せものだ！

そしてメメナウサギ！

銀髪少女のバニー姿も露出度はそう変わりない。

しかし子供らしい華奢なラインに、ボディスーツが女性らしさを与えたことで背伸びした可愛さが詰まっている。真白い太ももは太陽の輝きにもきっと負けない。

まさに悪戯ウサギといった感じだ！

「どうじゃ兄様ー」

メメナはご満悦そうにくるりと一回転する。

「可愛い！」

「じゃろー、もっと褒めてもええんじゃよー」

「可愛い！」

「……ワシに興奮したかー？」

俺はキワドイ発言を笑顔で流した。

メメナはちょっと不満そうにしている。

俺としてもいっぱい褒めてあげたいが、バニー姿の子供を褒めすぎるのはあまりにも危険だ。美少女三人の可憐なバニーっぷりに、俺が大声をあげすぎて注目を浴びているし。

「兄様ー？」

「……ご時世がさ」

「危うい道を進んでこそ勇者だと思わんか」

それじゃあ勇者がただの危険人物になってしまう。

そもそも俺はただの門番だが。

「そ、それよりメメナ。三人ともバニースーツを着てどうしたんだ？」

強引に話をそらしたが、メメナは仕方ないなあと微笑んでくれた。

すると少女がぴょいんと跳ねて、俺の腕に密着してくる。少しドキリとしてしまった。

「兄様も気づいておるよな。村のあやしそーな気配に」

「……逆さバニーのことだな？」

「のどかな村じゃ、気になりもしよう。ここはワシらも体を張って、村に自然に溶けこもうと思ったわけじゃ」

「メメナ……そのためにバニースーツを……」

メメナの献身に目頭が熱くなる。

いつもの悪戯だと思っていた自分がめちゃ恥ずかしい。猛省せねば！

「……ありがとう。俺、絶対に村の謎を解き明かして見せるよ」

「うむうむ、ワシもがんばらせてもらうでな。兄様はワシらのバニー姿……もとい活躍をいっーぱい見ておくれな」

メメナは微笑んだ。

本当に頼りになる子だ。いつも余裕のある態度なのもあって、つい年上だと錯覚してしまう。俺の何倍も生きてきたように思えるのは、さすがの元族長か。

けれど微笑みが妖しく感じるのは俺の勘違いだろうか。

あと、胸元をチラチラ見せてくると目のやり場が……。

「旦那も大変そうだねー」

スルが苦笑していた。

日にちがちょっぴり経過する。

陽が沈んで、バニー前夜祭がはじまった。

バニー大祭りを前日にひかえた村は大賑わい。いたるところで露店が並ぶ。ヴァニー様クッキーにキャンディー、そして邪王グッズを販売する店があった。冒険者や旅人が見物にきている。とてんしゃんとてんしゃんと太鼓と鈴の音が聞こえた。

前夜祭でも盛況だな。とても廃《すた》れ気味とは思えない。

この様子だと、村長はかなり告知したんじゃないだろうか。

俺もウサ耳へアバンドをつけて警備をつづける。

バニー祭りは新作の高性能バニースーツのお披露目をかねているらしく、商人たちがバニーなお姉さんに性能を聞いていた。

しっかし露出度の高いバニーばかりだと色街に見えるな。

いや由緒正しき祭りだ。不埒な発想はやめようと思ったのだが、発光魔術《ネオン》でギラギラに輝く看板には『ラブ♥　バニー村にようこそ♥』と書かれていた。

色街なのでは？？？

「旦那ー、難しい顔をしてどうしたのー？」

スルがヴァニー様キャンディーを片手にやってきた。

彼女もバニースーツ姿だ。褐色肌にボディスーツがぴたりと吸いつくように着こなしていて、悪魔族のエキゾチックな雰囲気と健康的な色気が合わさっている。普段着と変わらないはずなのに、魅力がずっと増していた。

俺は目を奪われつつ、なんてことないように答えた。

「祭りが予想外にギンギラギンでちょっとさ」

「ピカピカと光ってるもんねー」

スルはちょっと呆れたように笑った。

ヴァニー様の伝承を聞いたり、邪王グッズを見かけてはなにかを耐えるような表情でいたけど、祭りは楽しんでいるようだ。

「旦那ー、うちのことを見すぎじゃないー？」

スルが人を食ったように微笑む。

「べ、別に見てな……いやごめん！　見てる！」

「正直。……バニー、そんなに好きなの？」

「好きというか、すごく似合っているというか！　褒めようと思ったんだけど、節操なさすぎるような気もして！」

スルの今さらみたいな視線を感じつつ、俺は誤魔化すように苦笑する。

「じゃなくて。俺がじっと見ていたのは、スルが楽しそうだったからさ」

「え？」

スルは不意を突かれたように真顔になる。

「スルは周りを優先するみたいなところがあったからさ。せっかくの祭りなわけだし、楽しんでいるなら良かったなって」

「……旦那は鈍いのか鋭いのかよくわからないよね」

スルは困り眉で笑った。

「……仲間にも同じことを言われるよ」

「だろーね。ま、もうひらきなおって楽しむしかないなってー」

スルはおかしそうに前夜祭を眺めた。

一応、気をつけるようには言っておく。

「……とは言っても油断は禁物だぞ。のどかな村にひそむ闇が、いつ牙を剥くかわらかない」

「見た目は全然のどかな村じゃないけどね」

それはまあそうなのだが。

疑いすぎるのはよくないと思うけれど、まるで忌むべきものがあったかのように、バニースーツ歴史資料館で不自然な空白があったのだ。

逆さバニーの記録がおそらく抜け落ちている。

「旦那。あれよ。考えすぎるのもよくないよ」

「お気楽だなあ」

「……一番の問題がさくっと解決しているしね。わりと大丈夫なんじゃないかなーと、うちは呑気させてもらっているよ！」

スルはうへへーと笑った。

思いつめた表情の多い彼女だが、今は自然体みたいだ。

「……うちさ、旦那がどんなふうにみんなを支えてきたかわかったよ」

「？　うん？　そ、そっか」

よくわからないが褒められたのか？

みんなをさり気なく支えているように見えたのなら嬉しいな。それは俺の目標だ。

照れて頬をかいていると、祭りが騒がしくなってくる。

「――ぴょんしゃんぴょんしゃん♪」

バニー村に古くから伝わる『ヴァニーわらべ歌』が聞こえてきた。

バニーガール選びがはじまったんだ。

「旦那、はじまったみたいだね」

「選ばれたバニーガールが本祭りで御神体になるんだっけ？　大役だよな」

ちなみに厳正な審査とかはなくて、その場の勢いとノリで決めるらしい。

いかに愛らしく、楽しく、ヴァニー様の目に留まるような素敵なバニーガールでいるかが大事だそうだ。

そこかしこでバニーな人たちが尻をふりはじめた。

可愛らしく跳ねたり踊ったり、エッチな気もするが由緒正しき祭りなのだ。

もしバニーガールに選ばれたのなら調査がはかどる。メメナもそれをわかっていたので『任せておくれ、兄様。見事選ばれてみせようぞ』とノリノリでいた。

三人娘の誰が選ばれてもおかしくないと思う。

実際、彼女たちは注目を浴びていた。

「あっちの黒髪バニーの子！　惚れ惚れするほどのバニーっぷりだぞ！」

「Sランクバニースーツをあそこまで華麗に着こなすなんて！」

「これは選ばれてもおかしくは……おかしくは……？」

サクラノは注目を浴びていた。

しかし恥ずかしすぎたようで、歯をむき出しで鞘にカタナを高速でちゃきちゃきしていた。

「ふーっ！　ふーっ!!!!!!」

寄らば斬りそうなサクラノに、人の波がスーッと引いていく。

……さすがに本気で斬らないとは思う。

そしてハミィだが、彼女も注目を浴びていた。

「見ろよ、あの獣人の子！」

「高機動バニースーツをあそこまでダイナミックに着こなすなんて！」

「こいつは祭りの覇者が決まったか!?」

バニースーツとビキニ姿で露出は変わらない。

なら、動じることはないと思っていたのだが。

「ハ、ハミィ……ウサギの姿で目立っちゃった。お母さん……ごめんなさい……」

ウサギに身をやつした己が許せないのか、ハミィは素手で穴を掘って隠れようとした。

周りの人たちはどうしたらいいのか固まっていた。

俺もどうすればいいのかわからなかった。

あとはメメナか。すごく可愛いけれど子供だし、さすがに選ばれることはないか。

そう思いきや。銀髪。容姿端麗のエルフ。物怖じしない胆力。

注目を集めないわけがなかった。

バニーなメメナは恥ずかしがることなく、そりゃあもう愛らしくふりふり踊っていた。

「兎の村で飛び跳ねる。皆が尻を突きだし飛び跳ねる♪

兎の目はどうして紅い。どうして耳が二つある♪

ぴょんしゃんぴょんしゃん。

可愛い可愛い兎様。いとしやいとしや兎様♪

ヴァニーバニーバニースーツ。魅惑蠱惑のバニースーツ♪

みんな大好きバニースーツ♪」

メメナは俺に向かい、ウィンクを決める。

否。その場にいた誰もが自分に向けたと思えるような、角度バッチリ計算つくされた極大パフォーマンスだった。

そして、地割れのような大歓声が起こる。

誰がバニーガールに相応しいかを決める声量だった。

次の日の夜。バニー本祭りがはじまった。

バニー村はよりいっそうバニーに染まり、出店も増えている。バニーなお姉さんたちが冒険者や貴族相手に「おにーさん、ちょっと寄ってかないー♥」「キゾクさん、店においでヨー♥」と呼びこみしていた。

やはり色街なのでは？？？

過度な呼びこみは王都では禁止されている。

バニー祭りは伝統文化だとは思うが、その伝統にのっかりつつ、風営法にひっかからないギリギリを攻めている気がする。

「それにしても……」

逆さバニーがわからない。村ぐるみで隠しているのはわかる。

口外することも記録を残すのも許されておらず、禁忌とするぐらいに恐ろしいもの。言葉の意味を考えれば、バニーを逆さにするのだと思う。

だが逆さにしたからなんだっていうんだ？

逆さバニー、いったなんだというんだ逆さバニー！

「…………旦那、旦那」

「ん？　この声は……」

視線をやると、バニー姿のスルが民家の影でちょいちょいと手招きしていた。

俺は周りに悟られないよう、素知らぬ顔で彼女に近寄る。

「スル、どうだった？」

「この村は昔、逆さバニーのせいで滅びかけたのがわかったよ。とある貴族のお家騒動にもなった話も見つけたけど、外部にも詳しい記録は残っていないね。うちらのばっちゃま世代なら事情を知っていそうかな……でも、ここいらは若い悪魔族しかいないから」

「……そっか、急なお願いだったのにありがとう」

「これぐらいなんともないよ」

スルはにっかりと笑った。

悪魔族の情報網で調べてもらったけど仕事が早い。最初から素直に頼めばよかったな。というかスル、密偵ムーブがやけに慣れているような。

しかし村が滅びかけたなんて……。

貴族のお家騒動の件といい、想像以上の闇がひそんでいるのかと考えこむ。

と、ひときわ大きな歓声があがり、人垣が割れて道ができる。

バニー神輿がやってきたのだ。

村の男衆がウサ耳ヘアバンドをつけて神輿をかつぎ、村を練り歩いてきた。

「ぴょんしゃん！　ぴょんしゃん！　ぴょんしゃんしゃんしゃん!!」

我はウサギなりけり。

男衆はそう言わんばかりにウサ耳へアバンドを力強くゆらして、「ぴょんしゃ！　ぴょんしゃ！」と叫ぶ。

男衆の勢いにあてられて、村の熱気があがったように思えた。

いや男衆だけが理由じゃない。

みんなが熱に浮かされたのは、銀髪バニー少女の存在もあるからだ。

メメナバニーが神輿にちょこんと座っている。ヴァニー様の御使いとして祀られた少女は、祭りの灯りに照らされて美しく輝いていた。

もともと神秘的な美しさを持つ少女だ。

祭りという幻想的な空間がメメナを一つ上のステージに押しあげていた。

「ぴょんしゃ！　ぴょんしゃ！」

御使いを見せつけるべく、男衆が神輿をえいやと持ちあげる。

少女の神秘にあてられた人たちが感嘆の息を漏らす。女神と見間違うほど綺麗だと、俺は心の底から思った。

メメナは今から森のお社《やしろ》でヴァニー様に祈りを捧げる。

村長が用意したという相応しい衣装に着替えて、最高のバニーガールとなるのだ。

ビビット族の儀式を連想するんじゃないかと思い、俺はバニー本祭りを辞退してもいいと告げてはいた。

『メメナ、調査だからって無理をする必要はないんだよ』

『兄様の力になれるのならなんだってやるぞ。なーに、自分の限界は心得ておる』

『メメナ……』

『それに……どうにもならぬときは、兄様が守ってくれるんじゃろう？』

信頼の笑みに、俺はそのとき迷わずうなずいた。

と、俺の視線に気づいたようで、メメナが神輿から笑顔で手をふる。

「兄様ー！　ワシ、がんばるからなー！　見守っておくれー！」

俺は心配させないように笑顔で手をふりかえした。

そうして、バニー神輿が去っていく。

余韻に浸りたいところだが、警戒が弱まった今がチャンスだ。サクラノやハミィには別行動で調べてもらっているが……さて。

バニースーツ歴史資料館をもう一度調べるか。

記録が残っていないはずがない。逆さバニーが忌むべきものなら、それこそ後世に伝えるためにも記録は大事だ。

そう決心していると、華やかな祭りを台無しにする声がひびく。

「――逆さバニーはいかんのだ!!!!!!」

アヤシ婆だ。

鬼気迫る表情すぎて、夢気分でいた人たちを現実へと引き戻していた。

「お前たちは逆さバニーの恐ろしさを知らぬ！　あれは……触れてはいけぬものぞ！」

旅人たちは足を止めて、なんだなんだとアヤシ婆を見つめている。

村のお爺さんが慌てて駆け寄った。

「アヤシ婆様……。儂が話し相手になりますんで、その話は向こうで……」

「逆さバニーには手を出してはいかんぞ！」

「手を出しません。ええ、手を出しませんとも……」

「村を滅ぼしたいのか！」

けんもほろろなアヤシ婆に、お爺さんは冷や汗をかいていた。

アヤシ婆の瞳がギラリと光る。

「わかっているぞ！　逆さバニーの復活を願っておるのだろう!?　貴様が村長の言いなりなのは、逆さバニーの復活を仄めかされたのではないか!?」

「そ、それは……その……」

お爺さんはわかるぐらいに狼狽した。

瞳を泳がせて、罪の意識を誤魔化すように早口で告げる。

「ア、アヤシ婆様、今は大事なときなんだ。大人しくしてもらわなきゃ困るよ。け、警備の人ー……早くきておくれー……」

「貴様！」

トラブルに発展しかねなかったので俺は間に入る。

「はいはい。お婆ちゃんー、俺と一緒に向こうに行きましょうねー」

「なんだ若造⁉　気安くさわるでないわ！」

アヤシ婆は怒鳴ったが、俺が笑顔で「話は聞きますよー」と聞く姿勢を見せたら、ぶつぶつと言いながらも従ってくれた。

人垣を避けるようにして、俺はアヤシ婆を静かな場所へと連れていく。

「まったく！　村がどうなってもいいのか！」

「村が心配ですか？」

「当たり前だ……ん？　お前、村の者ではないな？」

「はい、俺はただの流れの門番です。……逆さバニーについて教えてくれませんか？」

◆

アヤシ婆に連れられて、俺とスルはバニースーツ歴史資料館にやってきた。

祭りの喧噪をうっすらと聞きながら誰もいない通路を歩く。アヤシ婆が照らすランタンの光が壁に飾られたバニースーツを妖しく煌めかせていた。

「――ほれ、ここだ」

アヤシ婆がバニーウサギ石像前で立ち止まる。

そして「ウ・サ・ギ」と言って、はめられていたプレートを三回押しこむと、石像がズズッと滑るように動く。

テロテロバニーと効果音が流れて、地下へつづく階段があらわれた。

「か、隠し階段!?」

「そうさ、この下にはバニー村の暗部が納められておる」

「やっぱり歴史を完全には抹消しなかったんだ!」

ってか金のかかった施設だな!?

アヤシ婆が隠し階段を降りていったので、スルと目を合わせる。俺たちは息を呑んでから、闇の中へと足を踏み入れていった。

カツンカツンと、石造りの階段を降りていく。

地中を掘りぬいたようで周りは土肌がむき出しだった。

「お前たち、ヴァニー様についてどこまで知っておる?」

アヤシ婆が階段を降りながらたずねてきた。

「伝承で聞いたとおりです。人間を好きになって邪王に反旗をひるがえした、と」

「ふん、都合のよい歴史だよ。ヴァニー様は人間を好きだったが、ただの好意ではない」

「好意に違いがあるんですか?」

アヤシ婆がすこし間を作ってから答える。

「人間を性的に好きだったのだよ」

「えっ!?　つまり特殊性癖の持ち主だってことですか!?」

「そのとおりだ」

それじゃあヴァニー様伝承の意味が変わってしまう。

己の性癖に素直になったモンスターの話になってしまうじゃないか！

「ごふっ、えふっ！」

スルも驚いたのか、俺の背後でむせていた。

しかし笑うのを堪えるように下唇を噛んでいるのはなぜ？

まあ今はアヤシ婆の話のほうが大事か。

「ですがヴァニー様は邪王の眷属なんですよね？　邪王なんて呼ばれる魔性が特殊性癖持ちを眷属にするでしょうか。いえ、特殊性癖を批難するつもりはありませんが……」

性癖には素直であれ、けれど節度は守れ。

兵士長の大事な教えだ。

「うむ。自由都市地方には邪王伝承はいくつも残されておるが、どれも禍々しいものだ。まるで『魔性を畏れよ』と言わんばかりにな」

「それでしたら」

「それこそが歪められた伝承なのだよ」

「歪められた……伝承？」

「真実を隠すための歪められた伝承さ。バニー村にも邪王伝承は残っておるが、他とは話が異なる。

それこそが魔性の真実なのだろう」

階段が終わり、長い廊下に降り立つ。

アヤシ婆はこの先にひそむ闇を畏れるよう、ゆっくりと歩いていく。

「それで邪王の真実とは……？」

「邪王もな、特殊性癖の持ち主なのだ」

「邪王も特殊性癖の持ち主⁉」

「人間を弄《もてあそ》ぶのが大好きだったそうだ。ローブで身を隠して同好の士を集めては、夜な夜な猥談をしていたらしい」

「どすけべじゃないですか⁉⁉⁉」

とんでもない真実だ！

人間に恐れられた邪王なる存在が、まさかどすけべだったなんて！

「ごふっ‼　げふっ‼　えふっ、えふっ‼」

スルはさっきよりむせた。顔面真っ赤で叫びそうなのをプルプルと耐えている。

衝撃の真実だからな。無理もない。

スルが落ち着いたのを見計らい、俺はアヤシ婆に言う。

「邪王がどすけべなら眷属もすけべ。そこに矛盾はありませんね」

「なんであれ、我らが助けられたことには変わらんよ。だからこそ眠りについたヴァニー様に、先祖代々祈りを捧げておるのだが……」

アヤシ婆はどこか呆れたように言った。

俺はピピーンと直感が働く。

「バニースーツは純粋に、ヴァニー様の好みだったわけですね」

「なかなか勘の良い子じゃないか」

「はい、勘はかなり良いほうです」

背後から『本当かなー？』と視線の圧を感じた。

本当だぞ。嘘じゃない。俺は勘が良いほうだ。

「けれど、わかりません。ヴァニー様へ祈りと感謝を捧げる祭りが、どうして村の暗部を生みだすことになったのか」

「過激化したのだよ」

アヤシ婆の声には憐憫《れんびん》がにじんでいた。

「やはりな、バニースーツはウケがよい。ウサ耳ぴょんぴょん、お尻ふりふり、見麗しいバニースーツの前にはみんな財布の紐がゆるむものさ」

「昔のバニー祭りはもっとどすけべだった……と？」

「邪王が生きていたなら飛んでやってくるだろうね」

村が滅びると言ったのは、よこしまな者がやってくるからだろうか。

アヤシ婆はすべての答えはここにあると示すように、ランタンを真正面にかざす。

そこはちょっとした広間で、中央にはガラスケースがあった。

「――さあ、これが逆さバニーだよ」

「これは!?　マジかあ……」「そ、そんな!?　えー……」

俺もスルも言葉を失ってしまう。

バニー村の恐るべき闇。

歴史の裏に葬られた暗部に、目が釘付けになっていた。

「どうだい？　お若いの」

「これがバニースーツなんですか……？」

「バニースーツの改良型。逆さバニーだ」

「で、でもだって！　こんなのを着たら……痴女になるじゃないですか!?!?!?」

バニースーツらしきものがガラスケースに飾られていた。

そう、らしきものだ。

ないのだ。ほとんど布地が。

いや手足には布地がある。だが肝心要のボディスーツの部分がほぼ全裸なのだ。乳首と股間を隠しているだけで。

まるでバニースーツの布地と肌部分を逆にしたみたいに……。

「あっ!?　だから逆さバニーなのか!?」

「そうさ。バニー祭りは過激化し、ついには逆さバニーが生まれた。昔は逆さバニーを見るために貴族が身分を隠してやってきたものだよ」

アヤシ婆は逆さバニーを懐かしそうに見つめている。

昔、逆さバニーを着たことがあるのだろうか……。

「こ、こんな超アウトな衣装……よく怒られずにすみましたね……」

「怒らせたさ」

「へ?」

「祭りだからと許されていたことが一線を越えた。金回りもよいからやめるわけにもいかず……国の注意を『伝統文化』と跳ねのけたのだ。けっきょく、風営法で村人がしょっぴかれていってな。免除されていた多額の税も払うことになった。村の治安もかなり荒れたさね」

逆さバニーで連れて行かれるってそういう意味……。

「この村はな、逆さバニーで滅びかけたのだ」

なんという闇。なんという暗部。

こんな真実が隠されていたなんてと俺は愕然としたが、スルが冷静にツッコミをいれる。

「旦那、そんな真剣な表情をしなくても。村の恥ずかしい歴史を隠したかっただけだよ」

ま、まあ、そうだよな。危うく雰囲気に呑まれかけた。

アヤシ婆も重々承知なのか呆れた表情でいた。

「こんな場所を作っておきながら、逆さバニーを復活させようとしておる。村長は『根回しは十分だ』と言っておったが……どうだかね」

「村長さん……村興しにはりきっていましたね……」

「衰退は悪いことじゃないさ。そうして新しいものが生まれるものさね」

責任が強すぎるのも考えものだよと、アヤシ婆は深いため息を吐いた。

スルはアヤシ婆をなだめていたが……う、うーん……。

村の人にとっては大真面目なことだろうけど、わざわざ隠すほどじゃないと思うな……。まあ血みどろの歴史じゃなかったのならそれでいいか……。

んんん？

つまり、この逆さバニーを今回の祭りで選ばれたバニーガールが着るんだよな。

「って、ダメじゃないか!!」

子供《メメナ》が着たらマズイやつだ!!!!!!


俺は、深夜の森を大急ぎで駆けていた。

真っ暗い森には松明《たいまつ》をもった村人たちがいる。儀式の警護をしているのか隙間がないな。祭りを是が非でも成功させたいようだが……。

子供《メメナ》に逆さバニーはマズイ！

時代とか世間とかいろいろあるが、結論としてマズすぎるのだ！

俺は数メートル真上に跳躍して、木の枝を掴む。

くるりと回転して次の木へ飛びうつる。次の枝へ、次の枝へと飛び跳ねていき、警備の目をかいくぐってバニー社《やしろ》まで辿りついた。

祈りに専念させたいのか周囲には人がいない。

木造りの簡易な社だ。扉向こうで人の気配がしたので、サササと素早く近づく。

「メメナ、今どうなっている？」

「……兄様？」

扉向こうでメメナの声がした。

立ちあがった音が聞こえて、足音が近づいてくる。

「うむ、新しいバニースーツにほぼ着替え終わったところじゃよ」

「着てしまったのか⁉」

「長《おさ》として村を想う気持ちはわかる。一肌脱ぐのもやぶさかではないのー」

「待ってくれ！　そこまでする必要はないんだ！　扉もあけなくていい！」

一肌どころかほぼ全裸だ。

メメナのあられもない姿を衆目に晒すわけにはいかない。もし少女が調査のためにと考えているのならば誤解を解かねば。

「メメナ、バニー村に暗部なんてなかったんだ」

「ふむ？」

「メメナが今着ている『逆さバニー』こそが、バニー村が隠したかった真実なんだ。昔バニー祭りが過激になりすぎて国から怒られた。ただそれだけの話なんだ。だから調査はこれで終わり。もう着替えて大丈夫だよ、村長さんに話をつけにいこう」

「………兄様は優しいのう」

どう優しいのかわからず、俺は戸惑ってしまう。

扉ごしでも俺の動揺を察したのか、メメナが静かに告げてきた。

「ワシはな、兄様にもっと見てもらいたいのじゃ」

「見ているよ。みんなを優しく見守る君がいるから、俺たちは仲間でいられる。感謝している、本当に頼りにしているよ」

「一人の女性として、じゃよ」

メメナにはまだ早い。

そう言うには、少女の声には情感がこもりすぎていた。

俺は大人としての責務を果たそうと言葉を選んでいく。

「メメナはまだ成長中なんだ。無理に背伸びする必要はまったくないんだよ」

「成長中……それならば、どれだけ良かったか」

「メメナ？」

「兄様。ワシはな、昔に魔素を使いすぎてこれ以上成長しない可能性があるんじゃ」

メメナの声は真に迫っていて、俺は黙りこむ。

エルフは魔素を糧《かて》として生きる種族だ。モンスターに近い存在らしくて、適者生存で姿を変えることもある。ビビット族の長《おさ》であるモルルも、男から金髪美女に変貌したぐらいだ。

少女が調査のためにだけバニースーツを着たのではないと、痛く気づかされた。

「ワシが兄様の好みではないとわかっておるよ」

「そんなことはない、メメナは魅力的な女の子だ」

「兄様の性的好みではないとよくわかっておるよ」

言いなおされた。

生半可な言葉ではメメナには届かない……当たり前か。

少女は心をひらき、切なる想いを伝えているのだから。

「どんな形であれ、兄様がワシを見てくれるのならそれに勝る幸せはないのじゃ」

「だからって……」

逆さバニーを着ることはないと、言葉をつづけられなかった。

メメナは半端な気持ちでやっていない。

俺の心からの言葉じゃなきゃ、きっと納得してもらえないぞ。

しかし性癖は人それぞれだ。簡単に理解できるものじゃない。わからないものはわからない、それが性癖だ。

俺が尊敬する兵士長だって『子供に甘えたい性癖』持ちだ。

だからか、熟女好きの俺とは真にわかりあえなかった。

……待てよ。兵士長の性癖がわからないと言った俺になんと言った？

確か『性癖には正直であれ、さすれば新たな道がひらかれん』だ。

そのときは兵士長酔っているなーと思ったが。きっと、おそらく、俺の中に眠っている性癖があると伝えたかったのでは？

俺の性癖。どうして熟女が好きなのか、考えろ考えろ考えろ……考えるんだ！

そこで俺の直感がピピーンと働いた。

いいや！　新しい扉を見つけたのだ！

「メメナ、俺の正直な気持ちを聞いてほしい」

「……うむ」

「俺は熟女好きだ。年上の女性が大好きだ。そして、爆乳好きでもある」

「……ワシとはかけ離れておるのう」

「けどさ。おっぱいの大きさに関係なく、熟女が好きなんだ。熟女らしい容姿はもちろん大事だけどさ……俺は精神的に成熟した女性が好きなんだ」

照れはある。こんなことをさらけ出していいのかと葛藤もある。

だが、そんなもの！

メメナと向きあうために投げ捨ててしまえ！

「……ワシのような子でもか？」

「メメナは落ち着いた子だからさ。側にいると安心するよ」

「ふふっ、お婆ちゃんと言われているみたいじゃのう」

お婆ちゃんみたいだと言われて喜ぶ子供はいないか。

でも、俺は正直に自分を語っていく。

「メメナ、バニースーツはよいものだな。その人の魅力をいろんな角度から引きだす、魅惑蠱惑のバニースーツだ。こんなに素敵な服はそうないよ」

「ワシもそう思うがゆえ、バニー村をおとずれたかったのじゃ」

「でもさ、逆さバニーはちょっとちがうよ。逆さバニーを着ることで人の本質が変わってしまうような……尊厳破壊に近しいものを感じる。あれは、すごく危険なスーツだと思うんだ」

逆さバニーが好きな人の気持ちもわかる。需要があることもわかる。

とってもえっちな衣装だし、とてもえっちなものは俺だって好きだ。

けど今は、メメナの魅力の話なんだ。

「メメナのバニー姿は魅力的だった。きっとメメナの可愛さが存分に引き出されたからだと思う。俺はさ、いつも余裕がある君だから魅力を感じたんだ」

「……つまり、バニーなワシをガン見しちゃうこともある、と？」

「時と場合によっては!!」

「ワシで……バキバキになるかもしれない、と？」

扉ごしに剛速球が投げられた。

だが俺は顔面で受けとめて、出血多量になろうとも倒れる気はなかった。

「時と場合によっては!!!!!!」

すべてをかなぐり捨てて、俺は叫んだ。

「……っ」

「だから今は焦らなくても――」

「兄様ぁ！」

バンッ、と扉がひらかれる。

メメナが喜色満面の笑みで俺の胸に飛びこんできた。

「兄様！　そこまでワシのことを想ってくれるとは！」

「ちょ⁉　メメナ⁉　着替えて……って、あれ？」

メメナは俺の胸でにんまりと笑っている。

逆さバニーなんて着ていない。上等そうなバニースーツを着ていた。少女が悪戯好きだと思い出した俺はピピーンと察する。

「謀ったな⁉⁉⁉」

「うむうむ。いーっぱい怒ってくれてもええぞ。兄様の怒った顔も素敵じゃ♪」

「いつから⁉⁉⁉」

「いつから謀っていたのか？　別に狙ったことではないぞ。逆さバニーの存在は知っておったし、うまくことが運べばええかなーと考えておっただけで」

「村長さんは⁉⁉⁉」

「納得しているのか、かえ？　元族長として話したのじゃよ、『村の者が丹精こめて作りあげたバニースーツを信じてやっておくれ』。そう村長に言ってあげたのじゃ」

事実可愛いじゃろうと、メメナはバニースーツを見せつける。

とても可愛いけども!!!!!!

「隙ありじゃー♪」

メメナは俺を嬉しそうに押し倒して、社《やしろ》の床に引っぱりこむ。

バニー姿ですりすりと密着してくる様子は、成熟した女性のような淫蕩《いんとう》さがある。いつもなら動揺していたところだが、さすがにこのときばかりはつれなくしようと思った。

なので、俺はツーンとそっぽを向く。

「兄様ー、気持ちええかー？」

「別に、なにも」

「そうかそうか、ならばワシの座右の銘を教えてしんぜよう」

「……座右の銘？」

「勃たぬなら、勃たせてみせよう、兄様を」

メメナはむくりと起きあがる。俺をここから立たせてどうするのかと思ったが、たたせるの意味がちがうとすぐに気づく。

銀髪のバニー少女は、あおむけの俺の腹に綺麗なおみ足をのっけてきたのだ。

そして自分の武器がなんなのかよーく知っている笑みで、ふにふにと踏んでくる。

「おおうっ!?」

「ふにふにー、ふにふにー」

「待て！　待とう!?　お待ちになろう!?」

メメナは頬をほんのり染めながら素足で腹をふみふみと踏んでくる。

つま先を、ゆっくりと下腹部につつつーと移動させようとしていた。

「イヤじゃ」

「イヤて!?」

「だってワシも兄様といちゃいちゃしたいんじゃ」

ワシもと、強調された。

サクラノとハミィとは不可抗力（たぶん不可抗力）とはいえ、いちゃいちゃと言われてもおかしくないコミュニケーションが多々あったかもしれない。

メメナとは間違いが起きないよう、ピンクな気配を感じたら距離を置いていたが……。

少女が寂しがり屋だってことを忘れていた！

「ワシはな、気に入った相手にはとことん情が深くなるぞ」

メメナは妖艶に微笑む。

真下から見あげるバニーなメメナは、逆さバニーに頼らなくても破壊力がありすぎた。

俺の視線を感じたのか、メメナが足をさらに下腹部へ移動させる。

リズミカルに、ぜんぜん痛くなく、むしろ気持ちいい。殿方はこーゆーので喜ぶのじゃろうとわからせてくるような、ふみふみっぷりだった。

「ふみふみー、ふみふみー♥」

いかんいかんいかんいかん！

超マズイ!!!!!!

「待て待て待て!?」

「兄様ー、儀式までしっぽりいちゃいちゃするぞー」

「こんなところ誰かに見られた俺の人生が終わってしまう！」

「社《やしろ》にはだーれも近づかんよ。そう命じられておる」

蜘蛛の巣に飛びこんできたのは誰なのか。本当の可愛い可愛いウサギ様はいったい誰だったのか。

そう、狩人の瞳が語ってきた。

食べられると本能で察した俺だが、助け舟は案外近くにいた。

「――えっと、な、なんだか悪いねー」

スルが気まずそうに近くに立っていた。

そういえば俺が先に行くからバレないよう着いてきてとは言ったっけ……。

石化したみたいに固まった俺に、メメナが告げる。

「もちろん責任はとるぞ、兄様♪」

俺が一生勝てないと思わせるには十分な、小悪魔すぎる笑みだった。

◇◇◇

スルはバニー村に来てからずっと、笑うのを耐えていた。

邪鬼ヴァニーがあっさり倒されたこと。邪鬼ヴァニーの伝承がねじ曲がって伝わっていたこと。邪王がどすけべ集団にされていたこと。ヴァニー様キャンディーやら邪王グッズやらが面白おかしく販売されていたこと。

スルにとって痛快すぎる出来事だった。

（ダメ……絶対に笑っちゃダメ……）

今もほぞを噛み、何百人もの見物客と中央広場で祭りを見守っている。

バニー本祭りが佳境に入り、獣追いの儀式がはじまるのだ。

選ばれたバニーガールがヴァニー様に扮《ふん》する者と野生の獣を狩る儀式。

放たれる獣は邪王代わりで、二人が邪王を倒すことで安全祈願・子孫繁栄・学業成就もろもろ、とにかくいい感じで御祈願されるらしい。

注目を浴びているのはメメナと門番。

可愛いバニーガールのかたわらには、少女の策略にはまった彼が目を点にして立っていた。

（あのときの旦那の顔といったらさー）

誤解だと必死で弁解してくる門番の顔はおかしかった。

けれど、その彼への周りの反応が妙だ。

警備員として数日間がんばっていたのに、見物客は「誰あの人？」「あんな人いた？」「すごくモブっぽいなー」と首をかしげている。

（誰も覚えていないなんて……さすがに不自然すぎるよね）

あそこまで覚えられないのはありえない。

自分も最初は強く意識しなければ忘れかけたほどだ。彼の人となりを知っていくにつれて覚えられるようになったが。

そして不自然なことを不自然だと、ようやく思えるようにも。

(やっぱり、ただものじゃない)

きっと、神獣カムンクルスも彼の手によって滅びた。

そう確信させるだけの強さがある。英雄と評されてもおかしくない人物。……なのに誰にも覚えられることがなく、本人も強さに自覚がない。

ただの門番であるはずがないのだ。

(魔性を滅ぼす存在だ……)

邪王たちに正しく報告しなければいけない。

闇の者たちの急所に刃《やいば》を突き立てる存在ですよ、と。

だけどスルは、門番一行の気のぬけたハチャメチャっぷりが好きになりつつあった。

(笑っちゃダメ……笑っちゃダメ……)

笑ってしまえば好きになる。楽しい人たちだと大切にしたくなってしまう。

半端な裏切り者が都合のいいことを考えるなと自分を戒めて、ずっと笑うのを耐えていた。

あとは祭りを終えるだけだと思っていたのに、歓声が大きくなる。

村の人が叫んでいる。野生の獣が追い立てられてやってきたのだ。

「邪王様がやってくるぞー！」

「御二人方！　武器を構えてくだされ！」

「おい……やけに大きくないか？」

けれど様子がおかしい。見物客の歓声に緊張がはらんだ。

そして異変はやってきた。

闇夜をさらに暗黒に染めあげんと、影をまとったモンスターが駆けてきたのだ。

「うごおおおおおおおおおおおおおおおお！」

雄たけびで気絶してしまいそうな迫力だ。

封印洞穴で消滅したはずの――邪鬼ヴァニーだった。

（な、なんで⁉　旦那が倒したじゃん！）

そのとき、スルは邪王ウオウの言葉を思い出す。

『邪鬼ヴァニーの右にでる奴は……いいや、もう一匹いるか』

なんてことはない。もう一匹いた。

邪鬼ヴァニーは二匹いたのだ。人間の都合のいいように歪められた存在が、数百年の時を超えて怒りの牙を剥こうとしている。

スルは逃げて叫ぼうとしたのだが。

「せいいいいいいっ」

門番がロングソードを抜き、あっさりと倒した。

邪鬼ヴァニーは勢いそのまま地面に転がっていき、全身から黒い煙を吐きだして消滅する。

見物客は反応に困っていた。なんだか強そうなモンスターが、さっくりと倒されたからだ。

門番も周りの反応にキョロキョロしている。

「え？　俺、段取りを間違えた？」

「兄様、今のは洞穴にいたモンスターのようじゃが」

「他にもいたのか？　もしかして、祭り用のモンスターを勝手に倒していたのかな」

「とりあえず笑顔で手をふったらどうじゃ？」

メメナに催促されて、門番は不器用な笑顔で手をふってきた。

「邪王を倒しましたー！」

なんでもなさそうな態度に、見物客は安心したように息を吐く。

そして今の珍事について憶測を語りはじめた。

「トラブルだったのか？　強そうなモンスターだったのう」

「にしては、あっさりと倒していたぞ。見かけ倒しじゃないのか」

「無事に倒せたのならばそれでええではないか」

「ああ、ヴァニー様もお喜びになるだろう」

「バニーガールと旅の者が悪しきモノを倒す。ヴァニー様の好きそうな話だ」

呑気なものだった。

（いやいや！　悪しきモノって、アンタらが祀っているヴァニー様だよ!?）

と、言えるはずもない。

村の人にとってヴァニー様は邪王に反旗をひるがえした存在で、人間が大好きな特殊性癖の持ち主なのだ。

なんだそれなんだそれと、スルの口元がゆるむ。

（ダメ……ダメだって……）

彼は笑顔で手をふりつづけている。

自分のスゴさにこれぽっちも気づいていなくて、平和そうな顔でいた。

「はい！　はい！　俺、邪王を倒しましたー！」

みんなの拍手に素朴に応えている姿に、スルはとうとう限界を超えてしまう。

あまりのトンチキっぷりに笑いのツボが刺激されまくる。いつもこんなふうにみんなを救ってきたのだと、彼女はわかってしまった。

「あはっ――」

スルの声が夜の闇を祓うようにひびく。

十数年の鬱屈をふきとばすかのような明るい声。

おかしくて、おかしくて、大笑いしてしまった。

のどかなバニー村の日常が戻ってくる。

同時に、俺の警備員としての仕事も終わった。

祭りの熱気は過ぎ去り、バニー姿の人はもう数えるほどしかいない。祭りを無事に終えて晴れ晴れとした村の人の表情に、『闇だ。暗部だ』と疑った自分が恥ずかしくなる。

いや、ある意味で人間の闇はあったけれども……。

村長もメメナに説得されるまでは逆さバニーを復活させる気でいたようだが、まあちょっと特殊なだけで平和な村なのはわかった。

そんなわけで俺たちは旅立つことにする。

急な旅立ちだったが、村長とアヤシ婆が中央広場まで見送りにきてくれた。

村長がウサ耳へアバンドをゆらしながら頭を下げる。

「このたびはご尽力いただきありがとうございました」

メメナは微笑みながら言う。

「村を想う気持ちが本物だからこそ手伝ったのじゃ。その気持ち、忘れるでないぞ」

「……はい、村のみんなをもっと信頼します」

「お主はまだ若い。困ったら周りを頼るがよい」

バニー村の今後だが、あらためて村の人たちで相談するらしい。逆さバニーは完全封印して、伝統あるバニースーツの良さを世間に広めていくそうだ。

全員が同じ方角を見ているのなら、きっとうまくいくだろう。

俺は、そう信じることができた。

「この村のバニースーツはいいものだと思います。応援していますよ」

月並みの言葉になったが、村長は救われたように笑ってくれた。

ところで村長が祭りに力が入りすぎていたのは、なんでもヴァニー様が眠る地の封印が解けるという話を聞いたそうな。それならばと盛大に復活を祝う気でいたらしい。

ただ、封印地はもぬけの殻になっていたとか。

どこに行ったのだろうと雑談していた俺たちに、アヤシ婆がこう告げた。

「ヴァニー様は人間が大好きなお方だ。もしかしたら人間に化けて我らの祭りを見学したあと、どこかに旅立ったのかもしれぬな」

本当かはわからない。けれど、その考え方は素敵だと思った。

なぜかスルが息苦しそうにしていたが。

そうして俺たちもヴァニー様をならって、バニー村を旅立つ。

メメナはウサギのように軽やかに、サクラノとハミィはまだ恥ずかしいのか少し赤面しつつ、スルはサッパリした表情でいた。

メメナは晴れた草原を楽しそうに歩く。

「ふふっー、次はどこに行くかのう！　オススメの村があるんじゃがー」

俺たち一同、さすがに待ったをかけた。

たまーにならこんな機会があってもいいが、毎度毎度では俺の精神がもたない。ひとまず、スルの護衛をつづけようと思ったのだが。

前を歩いていたスルが笑顔でふりかえる。

「うちはここまでだね！」

いつもの作り笑顔のようで、ちょっとちがった。

うまく言葉にはできないけれど……。覚悟を決めたような、腹をくくったような、今生の別れみたいな笑みに俺は不安を覚える。

「スル？　本当にいいのか？」

「うん！　旦那たちの楽しい旅を邪魔するわけにはいかないよ！」

「邪魔なんて……そんなことないよ」

ツッコミが少ない現状。

純正ツッコミの存在はとてもありがたかった。

「なになに、旦那はうちを仲間に加えたいの？　そんなに女の子をはべらせたいんだー」

「そ、そんなこともないぞ！」

「どーだか！　旦那の周りは可愛い子ばかりだもんねー？」

スルは人を食ったようにケタケタと笑う。

メメナとのあれこれをバッチリと見られていたわけだし、すごく反論しにくい。

「……それじゃあね。みんな、今までありがと！」

スルは笑顔で別れを告げてくる。

突然の別れに、サクラノとハミィは言葉に迷っているようだった。

俺は引き止めるべきか考えていると、メメナが穏やかな笑みで呼ぶ。

「スルよ」

「ん？　どったのどったの？」

「エルフのお守りじゃ、持っておくがいい」

メメナはそう言って、小さな袋を渡した。

スルはウサギの刺繍が施されたお守りをまじまじと見つめている。

「えーっと？」

「お主は自分をないがしろにする相《そう》がでておるでな。意外とじゃが」

「一言余計ー。……うん、ありがと。もらっておくよ」

スルは心当たりでもあるのか、ちょっと苦笑したあとでお守りを懐にしまう。

そして悪魔の尻尾をゆらして、俺たちから去って行こうとした。

「スル！」

そんな彼女の背中に、俺は叫んだ。

「また、いつか！　一緒に旅をしよう！」

また。いつか。

そんな言葉は歳を重ねるほど約束にはならないとわかるが、それでも彼女との絆を作っておきたくて思わず叫んでいた。

スルはふりかえらずに、バイバイと手をふった。

◇◇◇

スルは暗黒神殿をスタスタと歩いていた。

底なしの沼地。未踏の大地。法の目が届かない昏き地下。灰色と灰色が重なりあった暗黒地点。スルにとって、イヤでイヤで仕方がない場所。

魔王の彫像が並ぶ廊下ではいつも怯えていたのに、足取りはまっすぐだった。

(そうしないと挫けそーだしね)

門番一行と別れたあと、悪魔族のキャラバンに戻って仕事を片付けて、仲間たちに手紙は書いた。

ココリコたちへは役に立ちそうな私物を餞別に残してきている。

ちゃんと身辺整理したかったが、時間が経つほど心がしぼみそうなのでやめた。

(挫けたとしても……もう屈する気はないけどさ)

両開きの扉前で立ち止まって、スルはいつもどおりに告げる。

「三邪王様、スルがまいりました」

ギギギと扉がひらいていき、魔性の霧が床下から漏れてくる。

邪王の間はあいかわらず重苦しい空気だが、普段とは少し意味合いがちがった。

三邪王は背もたれの長い椅子に座りながら不機嫌さを隠していない。

特に、邪王ウオウが苛立っていた。

「邪鬼ヴァニーがあっさり倒されたなんてありえねぇ!! 人間共も怯えてやがらねぇし、バニー祭りだと!?!?!? ふざけるな!!」

「くひひっ……お、落ち着きなよウオウ。落ち着くんだ落ち着くんだ……」

邪王サオウは自分にも言い聞かせているようだった。

邪王チュウオウも憤りを感じているようで不機嫌な声でたずねてくる。

「愛しいスル、詳しく説明してくれるかな?」

スルは恭しく膝をつく。

いつもみたいに目を伏せることはなく、彼らを見あげていた。

「スル! 早く説明しやがれ!!!!!!」

邪王ウオウが怒鳴ると、邪王の間がガタガタとふるえた。

三邪王が本気を出せば自分なんか一瞬で粉々になってしまう。スルにもわかっていた。

けれど。

「邪鬼ヴァニーが弱かっただけのことでしょう」

「……なんだと!?」

「名を馳せたといっても、たかだが一地方で暴れた程度。恐怖なんて風化しますし、人間たちが都合よく名も利用しましょう。しょせん大昔の魔性です」

スルがすらすらと答えると、今度はひりついた空気を感じる。

邪王サオウだ。

「ふひっ……ところで君さ。寝首をかかずに帰ってきたようだけど……？」

「する必要がありません」

「……ふひっ？　意味がわからないなあ……ふひっ、ふひっ」

邪王サオウの神経を逆撫でしたようで、ひきつった笑い声をあげていた。

今度は身が溶けそうなほどの殺気を感じる。

邪王チュウオウだ。スルを脅《おびや》かす魔性の霧が足元から這いあがってきた。

「愛しいスルよ。しょせん大昔の魔性とは私たちのことも含めてかい？」

「含めてです」

「……わからないな」

「わからない？　じゃあキッパリ言ってやるよ」

空気が一気にザラついた。

「アンタたちの時代はさ、とっくの昔に終わったんだ」

言ってやったとスルは思った。手足はふるえているし、口内が勢いよく乾いていく。恐怖で瞳孔がひらきっぱなしなのもわかる。

それでも彼らを見あげていた。

その手に武器はなくても、歯向かうための剣を心の中で構えていた。

「……愛しいスル、君とは良好的な関係を築けていたはずだ」

「はあ？　冗談！　一方的に支配する関係じゃないか！　アンタたちが裏でコソコソ隠れて大物ぶりたいから、便利な駒にしていただけだろ！」

邪王ウオウが黙らせようと、いつもみたいに大声で怒鳴る。

「スル!!!!!!　俺たちの力を知らないようだな!!!!!!」

「知ってるよ！　たまたま生き残った魔性だろ！」

「ぶ、ぶっ殺されてぇか!?」

「殺したら困るのはアンタたちだろ!!」

スルは立ちあがろうとして、できなかった。

邪王サオウが血の祝福を働かせて、激痛を与えてきたのだ。

「ス、スル、スルスルスル……スルー？　ずいぶんと僕たちを見くびっているね？　き、君が調子にのったのはー……あの連中が原因かなあ？」

「……見くびっているのはアンタたちだろ」

「に、人間なんかが僕らにかなうわけ──」

「認めたくないんだろ！　もし自分より強かったら！　もし勇者ダンのような強さだったら！　もう、この世界に居場所がないとわかるのが……怖いんだろ！　ぐっ……!?」

呼吸ができないほど肺や心臓が傷めつけられる。

このまま気絶すればどれだけ楽か。だけどスルは汗をぼたぼたと流しながらも歯を食いしばり、懸命に立とうとした。

邪王チュウオウが底冷えする声で聞く。

「私たちが怯えている、と？」

「そうだよ！　アンタたちはさ！　魔王が滅んだと認めたくないんだ‼‼‼」

ぶっちゃけ、スルも確証はなかった。

それでも魔王が滅びたと考えるのは、門番の性質だ。

彼本人が圧倒的な強さに気づいていない。あまりに強すぎるのに大きな騒ぎにならない。彼を最初に調べた悪魔族は、彼の存在をもう忘れていた。

呪いか。術か。誓約か。

おそらく血の祝福のような儀式が施されている。

それも、闇に暗躍する者を想定した儀式だ。対魔性のために何者かが施した儀式は……もしかすれば神々の祝福なのかもしれない。

魔王分身体なんて存在しない。

彼らは力を合わせて魔王を倒したのだと、スルは勇気をふりしぼって立ちあがる。

「アンタたちの時代はもう二度とやってこない」

そう宣告すると、邪王の間が不気味なほど静かになり、全身の激痛が消え去った。

自分の命は今、冷酷に見定められているのがわかる。

邪王チュウオウが感情のない声でささやいてきた。

「スルよ、私たちを裏切るのかい」

「アンタたちとはもう付き合えない。それを面と向かって言いにきた」

つまるところ、これは自分のケジメだ。

半端にアリスとクリスを助けてしまい、半端にココリコを受けいれて、門番一行のめちゃくちゃっぷりを笑ってしまった半端な自分へのケジメだった。

「そう怯えないでよ。この神殿もアンタらの存在も誰にも言ってない。これ以上裏切るのがイヤになっただけだ。それにさ――」

スルは三邪王を見据える。

そして、悪魔族らしく悪そうに微笑んでやった。

「うちの目指す楽しいに、アンタたちはいらないんだよねー？」

三邪王に力を貸したって、仲間が心の底から笑える世界なんてやってこない。

鼻からわかっていたことをキッパリと言ってやっただけだった。

（またいつか、か）

約束にならない口約束。彼がどんな気持ちで言ったのかもわからない。

けれど、その約束は果たしたかった。

三邪王から放たれる強烈な魔性を浴びて、スルは覚悟を決める。

四章　ただの門番、よこしまな存在に気づく

俺は妙な寝苦しさを覚えて、ぱちりと目が覚める。

知らない天井。倭族っぽい部屋。畳に寝転がっていたようで、草原で野宿していたはずなのにと頭がこんがらがった。

そんな俺の耳に、元気いっぱいな声がつんざく。

「どーも！　おばんでーす！　夜分遅くに失礼しまーす！」

う、うるさ!?　夜分遅くにぜんぜん静かにする気がないじゃないか！

金髪美少女が近くで正座していた。

着物姿で糸目。なにより、うさんくさそうな子に俺は見覚えがあった。

「め、女神様!?!?!?」

女神キルリ。戦士を癒す女神様で、あの世に近いらしい場所で温泉宿を経営している。俺たちも以前にお世話になった人だけど。

本物？？？

「そう！　私は傷ついた戦士を癒して、迷える魂を導いちゃう至高の存在……！　あの女神キルリ様でーす！　びっくりしちゃったー？　たはーっ！」

女神キルリは盛大にドヤりながら胸を張った。

ああ……。このうるさい感じ……本物だ……。

一応女神様の前なので俺は上半身を起こして、居住まいを正す。

「あの……ここ温泉宿ヴァルーデンですよね……？」

「はいな！」

「俺、草原で寝ていたはずなんですが……」

「魂だけを無理やりお連れしました！　今の貴方は夢を見ているようなものですねー！」

魂だけって。怖いことをニコニコと言われても困るんだけど。

安らぎの温泉宿なのに、ドッと疲れを感じる。

「ちなみに！　魂状態でのご入浴は気持ちよすぎて浄化しかねないので、今回は申し訳ありませんが温泉は入れません！　次は盛大におもてなしいたしますので！」

「いや別におもてなしは……」

「お願いごとがあるのに、ねぎらいなしは女神の沽券にかかわりますし！」

「……お願いごと？」

「というか、ご連絡ごとですね。はい！」

話の要領がわからず、俺は眉をひそめる。

すると女神キルリ＝スメラギは笑顔のまま言った。

「悪魔族スルが危機に瀕しています」

「え!?」

「魔性の手に堕ちてしまい……彼女の命は風前の灯です」

「た、大変じゃないですか!!」

俺の声が部屋にひびいた。

スルとの別れ際に不穏な気配を感じたけれど、なにか関係があるのか？

思いつめた表情もしていたし……もっと声をかけるべきだった。

俺は後悔しながら女神キルリの言葉を待っていたのだが、彼女はちょっと困った笑みのまま話そうとしてくれない。

「……女神様、お願いごとってそれですよね？」

「はい」

「詳しく話してくれないんですか？」

俺が急かすように言っても、女神キルリは答えてくれない。

だったらどうして俺を無理やり温泉宿に呼んだのか。

そう言おうとする前に、彼女はゆっくりと口をひらく。

「私たちは現世に強く干渉できません。なので戦士を癒したりして、人々を導きます」

「それは……前に聞きました」

「ですが、悪魔族は例外です」

女神キルリは笑顔のままだ。

怖いぐらいに笑顔を固めていて、悪魔族への強い怒りと嫌悪を感じた。

「彼女は救うべきじゃないと言いたいんですか？」

「大戦時、悪魔族は魔性に与《くみ》しました。ご存じですよね？」

「……知っています」

女神キルリの笑顔の裏から嘆きが伝わってきた。

「……ひどい裏切りだったんです。悪魔族のせいで大勢の人が苦しむことになりました。本当にひどい裏切りで……勇者ダンは許すのでしょうが。私はまだ許しておりません」

女神キルリは当事者だったように、たぎる怒りを抑えている。

大戦時につけられた人々の傷はいまだ癒されていないと、彼女の表情が語っていた。

本当に、大勢の人たちが傷ついたのだと思う。

神獣に苦しむ双子がいた。死の町に囚われた子がいた。悪魔族の裏切りは、それらに加担する行為なのだと思う。絶対に与してはいけない魔性だったのだろう。

罪と罰の裁量は……俺なんかじゃわからない。

それでもだ。

いつも楽しく騒いでいる悪魔族。将来を楽しく語るようになった双子。華々しい未来しか頭にないココリコ。そして、みんなの楽しいを守ろうとするスル。

けっきょくのところ俺たちは前にしか進めないのなら。

俺はまっすぐに女神キルリを見る。

「スルは仲間想いの子です」

「でしょうね。そんな性格を利用されて、魔性の手駒になったようですし」

「……手駒？」

「裏切っていましたよ？　あの子ね、貴方たちをずーっと騙していました！」

ひどい子だよねー、と女神キルリは笑う。

俺が動揺するタイミングを見計らい、真実を告げたようだ。

確かに動揺はしたが、スルがどうして思いつめた表情でいたのか察せた。

「……納得できました」

「でしょー？　怪しそうな子でしたものねー！」

「やっぱり仲間想いだってわかっただけです」

「そーですか」

「はい」

俺の考えは変わらない。

ずっと笑顔を崩さない女神キルリに、きちんと伝える。

「スルはみんなの楽しいを大事にする子です。信頼できる子なのは変わりません」

「……裏切りを怒らないんですね」

女神キルリは「……はあ、子孫もお人好しだわー」と仕方なさそうに微笑んだ。

キョトンとした俺に、女神キルリがぶっちゃける。

「まー。私、彼女の居場所とかわからないんですが！」

「はっ⁉⁉⁉」

「なんか危機があったなーと感じたぐらいです」

雑……っ、あいかわらず雑い……！

そっちのほうが怒《おこ》りたいんだがと目で訴えたら、ニコニコ笑顔で返された。

「たははー！　貴方を呼んだ時点でちょーっとだけ助けることにしていますよ！」

「ちょっとだけですか？」

「はいな！　それに彼女の危機に関しては、私はなにも心配していません。私が助けるのはその先でのお話です」

その先ってのはなんだろう？

俺がスルを助ける前提みたいだけど。

「スル＝スメラギの……悪魔族に施された儀式『血の祝福』は、光と闇……そして狭間の者が恒久的な平和を願ってものでした」

「えーっと？」

「悪魔族は種族間の調停役になるはずだったんです」

……そして肝心のところで裏切った、と。

女神キルリは静かに微笑んだままだ。

「スル＝スメラギの呪縛は、勇者の許しがあれば救われましょう」

話がちょっと抽象的でよくわからない。

それ以上は教えてくれる気がなさそうだけども。

「女神様、もっと具体的にお願いします」

「今回の呼び出しは神々にとって際どいラインでして！　夢として伝えなければ無理めでした！　おそらくですが、目覚めたら断片的にしか覚えていませんよ」

神々も派閥やらなんやらがあるのだろうか。

悪魔族への救済は総意ではないっぽいけど。

「断片的、ですか」

「心配せずとも、貴方はきっと手を差しのべますよ」

女神キルリは俺を信じているようだ。

……彼女も本音のところはスルを助けたい派なのかもしれない。

「まー、先祖のやらかしを子孫に押しつけるのはよくありませんもの」

女神キルリは心苦しそうに俺を見つめてくる。

しばらく贖罪でもしたそうな表情でいたのだが、感情を押し殺すように小さく息を吐いたあと、女神らしく微笑んだ。

「それに私も、みんなが楽しくいられる世界が一番だと思いますから」

「……はい」

「じゃ！　そろそろ起こしますので！　バシューッとがんばってくださいね！」

適当みあふれる台詞だ。用件が終わったので現世に突きかえすらしい。

女神キルリが俺に両手をかざしてきた。

「……慌ただしいなあ」

「今度、温泉宿に訪れたときはちゃーんと労いますので！　あー！　でも！　温泉での子作りは厳禁ですからね！　いかに英雄色を好むといっても節度は大事です！　ダンもそーだったんですよねー！　人畜無害みたいな顔でどすけべで！　本人は『不可抗力だー！』とか言っていたんですが、ぜーったいー――」

女神キルリの愚痴だかよくわからない話を聞きながら、俺は覚醒していく。


夜の平原で、俺は唐突に目覚める。

顔を動かして周りを見ると、メメナとハミィが焚き火近くで毛布に包《くる》まって寝ていた。

冒険者用の野営地《キャンプ》だ。利用者も俺たち以外にいなくて静かなものだ。

「温泉宿にいたよな……？」

女神キルリに呼ばれたはずだが記憶がおぼろげだ。夢だったのかな。

でも断片的な情報が頭に残っている。

悪魔族。血の祝福。勇者の許し。子作り禁止。どすけべ。

ん？　余計な情報が混ざっているような……？

「がるる……っ」

野生の獣じゃない。番犬でもない。サクラノだ。

焚き火番のサクラノがカタナを構えながら闇に向かって唸っていた。

「がるるっ！　出てこいっ！　さもなくば斬る！」

サクラノの怒声にメメナが起きて、寝ぼけまなこのハミィを支えながら闇を注視する。

俺も起きあがり、ロングソードに手を伸ばしていたのだが。

「──待ってくださいまし……！　儚き朕でございますわ……！」

儚さをぜんぜん感じられない声。ココリコだ。

彼女が闇の中からひょっこりとあらわれて、つづけて双子姉妹も姿を見せる。

「ココリコ……それにアリスとクリス？？？」

予想外すぎた訪問者に俺たちは驚いた。

彼女たちは全員心配そうな表情でいる。

サクラノが唸るのをやめると、アリスが申し訳なさそうに頭を下げた。

「す、すみません、種族混合パーティーが近くの野営地にいると聞いて……。もしかしてと思いまして……」

「……なにかあったんだね？」

俺がたずねると、クリスが答えた。

「彼女たちの話を聞いてほしいの」

悪魔族が数人、身を寄せ合うようにしてあらわれた。

顔馴染みの子たちだ。エッチにからかってくるので、サクラノの冷たい視線をよく浴びる。

すると、青角の子が泣きそうな顔で言った。

「ス、スルがいなくなったの！　アタイ宛てに『次のまとめ役は任せるよ』なんて書き置きを残してさ……。もう、みんな心配で……！」

「スルが⁉　まとめ役を任せるだなんて、そんな……」

絶対にただ事じゃないぞ。別れ際の不穏な気配、よからぬことがあったんだ。

あれ……スルが危機に陥ったのを俺は知っていたような……？

ええいっ、しっかりしろ。ひとまず彼女たちに落ち着いてもらおう。

「どこに行ったか心当たりはない？」

「お、思いつく場所は探したんだけど……」

青角の子は目をそらして、口にすべきか迷う表情でいた。

俺が不審に思っていると、メメナが淡々と告げる。

「おおまかな場所はわかるぞ」

「……メメナ、わかるのか？」

「スルに渡したエルフのお守りに、魔術探石《マーカー》を忍ばせておいたのじゃ。痕跡は辿れるぞ」

魔術探石《マーカー》とは王都の下水道騒ぎのときにも使ったものだ。

大迷宮を探索する際によく使われるアイテムで、先行した冒険者が置いていくことで後続が攻略しやすくなる。

「どうしてそんなものをお守りに……」

「あの娘には隠しごとがある。よからぬ者と繋がっているようじゃしな？」

メメナはちらりと青角の子に視線をやる。

青角の子は唇を固くむすんでいたのだが、観念したように口をひらいた。

「スルがよくない者と繋がっていることは……アタイたちもうすうす感じていた。隠したがっていたから……なにも聞かなかったけれど……」

青角の子はひどく後悔したような表情だ。

もしかして、よからぬ者がなにか見当ついているんじゃ。

「スルがどこに行ったのか……本当は心当たりがあるんだね」

「……うん、邪王のもとに向かったんだと思う」

「邪王!?　あの邪王だって!?」

予期せぬ名前に、俺たちに動揺がはしった。

邪王か……ヴァニー様伝承でも名前を聞いたが大戦時に滅んだはずだ。まさか復活したのか。真魔王の影響なのだろうか。

「なあ、本当にあの邪王なのか？」

「わ、わからない……。スルの血筋にしか伝わっていない話があるみたいで……。邪王の子孫がいるのかも……」

邪王の子孫かもしれないのか、暗躍しているようだが。

悪魔族の子たちは『スルを探してくれ』と、もう頼んでこなかった。スルがよこしまな者と繋がっているのなら、都合のよい頼みだと思ったのかもしれない。

だからか、ココリコが頼んだ。

「朕のお願いじゃダメですか？」

「ココリコ……」

「スルさんにも悪魔族のみなさんにもお世話になっておりますし……。朕の自伝出版のためにも、スル編集の腕は必要ですわ」

邪王の名を聞いても、ココリコは変わらず能天気そうだ。

アリスが真剣な表情でババッと手をあげる。

「は、はい！　私からもお願いします！　スルさんにはすごく助けてもらっています！　日常のことだけじゃなくて、旅で必要なことを教わったり！　ね、お姉ちゃん？」

「……そーね。スルのことだし、深い事情があったのでしょう」

クリスは俺たちに向かって、お願いしますと頭を下げてきた。

深い事情ってのには、おそらく血の祝福がかかわっているのだと思う。

彼女を契約で縛りつづける者がいるんだ。

俺たちと仲良くなったのは、ただの偶然じゃなかったのかもしれない。よこしまな者と俺たちとの狭間でゆらいでいたのだろうか。

スルの置かれた状況をおおよそ察する。

彼女がいかに信頼されていたかは悪魔族やココリコたちを見れば十分にわかった。

なら、やることは決まっている。

俺はメメナにお伺いを立てようとしたが、すでに少女は微笑んでいた。

「ワシに異論はないぞ」

最低限、確認するところは確認したかったようだ。

ハミィは、もう眠気がふっとんだようで戦意をたぎらせていた。

「クリスちゃんたちにお願いされちゃったしね……！　ハミィがんばるわ……！」

そしてサクラノ。

俺の旅にずっと付き合ってくれる彼女は、変わらない笑顔を向けてくれる。

「師匠のお側がわたしの居場所です！」

サクラノの迷いのない笑顔はいつだって俺に勇気を与えてくれた。


俺たちは魔術探石《マーカー》を辿り、深い峡谷《けいこく》までやってくる。

もう昼なのだが渓谷は暗い。頭上を分厚い雲がおおっていた。

妙な気配を感じる雲だな。魔術の雲かもしれない。灰色の地点《グレースポット》の中でもとりわけて辺鄙な場所にあり、迷路のような洞穴を抜けなければ辿りつけなかった。メメナ曰く「目的がなければ辿りつけない術がかかっておる。まあ秘密の場所じゃな」と説明してくれた。

そして暗黒にまぎれて、その神殿が存在した。

増改築を繰りかえしたような歪なデザインだ。神聖な建物ではないとわかる。

うーん……いかにも秘密のチョメチョメ場所って感じだ。そういうコンセプトなのか？

俺が神殿近くの崖で難しい顔をしていると、メメナがたずねてきた。

「兄様、なにか感じるか？」

「よこしまな気配を三つ感じる。空気がよどんでいるのか正確な位置はわからないな」

「……ふむ。では予定通り、ワシらが陽動しているあいだ、兄様が手早くスルを救出するのがよさそうじゃな」

スルが失踪してから時間が経っている。

万が一に備えて、一番速い俺が回復セットを持って救出すると決めていた。

ここで躊躇っている暇はないけど、俺は彼女たちに謝る。

「……ごめん、みんな。本当なら、こんな場所に連れてくるべきじゃなかった」

「せ、先輩……急にどうしたの？」

「……ここにいるのは邪王の末裔で間違いないと思う。魔王分身体とまでは言わないけれど、よこしま成分が濃いんだ」

彼女たちの顔に緊張がはしる。

邪王の末裔と聞いて、なにも感じないわけがない。でも。

「師匠！　だからなんですか！」

サクラノは溌剌な表情で言った。

メメナもハミィも力強い眼差しを送ってくる。

彼女たちがそれでも付いてきてくれるのはわかっていた。だからこそ、よこしまな場所に近づけたくはなかったが……。

俺は迷いをはらい、まっすぐな眼差しで応える。

いざとなれば責任はとるつもりだ！

「行こう！　邪王の末裔からスルを救うんだ！」

断片的な情報が、この神殿がいかなるものかを俺にビビーンと直感で告げてくる。

悪魔族。血の祝福。勇者の許し。子作り禁止。どすけべ。見た目がエッチな悪魔族。失踪したスル。

そして、猥談大好き特殊性癖持ちのあの邪王。

すべては、とある真実を告げている。

ここは——秘密のどすけべ神殿だ!!


俺は魔術探石《マーカー》の光に導かれるまま駆けていく。

どすけべ神殿の廊下には妙ちくりんな像が並び、紫の炎が内部を妖しく照らしている。ゴテゴテした内装だ。ニッチな客層に向けてなのだろうか。

いかがわしい霧も漂っているし……かなり雰囲気はある。

邪王が特殊性癖持ちなら、その末裔もやはり特殊性癖持ちなんだ。

すると建物がズズーンと大きくゆれた。

「……サクラノたちが見つかったのか？」

邪王の……いいや、どすけべの末裔との戦闘に入ったみたいだな。

自由都市地方には邪王伝承がいくつも残っている。

ほとんどが邪王を畏れるものだが、俺は歴史の真実を知っていた。

アヤシ婆の話では『邪王はローブで身体を隠し、同好の士を集めては夜な夜な猥談を語り合う』存在だ。悪事はきっと、どすけべな本性を隠すためなんだ。

だが、どすけべでも魔性は魔性。戦えはしたのだろう。

でなければ伝承に残らないし、その末裔も戦えるようだな。とはいっても強い気配は感じないが。

魔王分身体より弱いと思う。

仲間が陽動している内に、早くスルを助けなければ。

「スル！　俺の声が聞こえるか!?　聞こえたら返事をしてくれ！」

どすけべ神殿の闇に俺の声が吸いこまれていく。

まるで昔話で聞く、恐ろしい暗黒神殿のようだ。

っ……！　気が焦るあまり、どすけべ神殿を暗黒神殿だと勘違いするなんて！

落ち着け！　ここは暗黒神殿なんかじゃない！

どすけべが同好の士のために作った、秘密のどすけべ神殿だ！

「スル！　どこにいる……！」

魔術探石《マーカー》の輝きが増したので辺りを探る。

強い反応を示した先では、妖しい彫像の瞳がビカビカ光っている。側には扉があった。

使用中ってことか⁉

扉に近づくと、彫像の瞳から光線が放たれる。さすが秘密のどすけべ神殿、防犯対策はしっかりしていたらしい。

俺は問答無用で扉ごと彫像を破壊する。

「スル‼」

冷たい牢獄みたいなプレイ部屋。

ぐったりしたスルが壁際にいて、手首を鎖でつながれている。

そして、見えそうで見えないぐらいに服が破けていた。痛めつけて且つ、相手の尊厳をギリギリ保つような服の破けっぷり、その道のプロの仕業か！

「すぐ助ける！」

俺は鎖を破壊して、腰カバンから回復薬をとりだした。

回復薬では傷は治らないが体力を取りもどせる。彼女の頭を支えながら瓶のふたをあけて、ゆっくりと口に注ぎこむ。

「ん……」

かすかに意識があるようでコクコクと呑んでいた。

瓶の半分ほど薬を飲むと、スルは静かに目をあける。

「んん……」

「スル、遅れてすまない」

「旦那……？　ゆ、夢じゃないよね……？」

目の焦点はまだ合っていないが、言葉はしっかりしている。

手遅れにならずに済んだようで安堵する。

「夢じゃないさ。俺だけじゃなくて、サクラノたちもいるよ。君の仲間に頼まれたんだ。よこしまな者の手に堕ちた君を助けてほしいって」

「みんなが……。でも、どうやってここに……？」

「エルフのお守りに魔術探石《マーカー》が入っていたんだ」

「お守りに……？　そっか、うちなんか信用できないよね……許せないよね……」

スルは自虐的に笑う。

彼女に回復薬を手渡しながら俺は優しく言った。

「誰も君を罰したいなんて思っていない。ココリコたちはさ……君がよこしまな者と繋がっているとわかっても、助けてほしいと俺たちにお願いしたんだよ」

「ココリコたちが……？」

スルは信じられなさそうな顔をした。

「信じてあげなよ、君が守りたかった人たちのことをさ」

「うん……」

スルの瞳はうるんでいたが、彼女のプライドか泣きだすことはなかった。

「にしても、ひどい折檻をうけたようだね」

「奴らに……もう従わないって言っちゃったからね……。でも……うちには利用価値があるとわかっているから……殺さず『再教育』だって……」

再教育という言葉に激しい怒りが湧きあがる。

自分たちのどすけべを満たしたいだけのくせに、なーにが再教育だよ！

スルは弱々しく言う。

「こ、ここには……旦那たちだけで……？」

「ああ、俺とサクラノたちだけだ」

「だ、だったら早く行ってあげて……。あ、危ないよ……」

「みんな覚悟しているよ」

どんなにエロエロで、どんなにどすけべな部屋が待ち受けていたのだとしても、彼女たちはビックリしないと覚悟が決まっている。

「油断はダメだよ……。いくら旦那たちが強くても……奴らのおそろしさは……」

「俺たちの強さなんて関係ない。そうじゃないのか？」

「うん……。うん……？？？」

スルは何度もまばたきした。

まだ意識がハッキリしていないのかな。

「う、うちのせいでみんなが傷ついたらイヤだよ……。うちは裏切り者なんだよ……」

「血の祝福で利用されていたんだろう？」

「でも……騙して近づいて……。旦那たちを探っていて……」

「俺たちを調べていたのはなんとなく感じていたよ」

正確には、作り笑顔が気にかかっていたわけだが。

「気づいていたの……？」

「ハッキリとわかったのは最近だよ。どすけべ神殿で働く人を探していたのだろう？」

「どす……？　…………旦那？」

スルの表情が固まった。

「サクラノたちがどすけべな店員になりえるか……探っていいのだろう？　サクラノもハミィもメメナもすごい美少女だ。ただちょっーーーと個性が暴れすぎるから慎重になっていた。……全部わかっているさ」

「だ、旦那……？　旦那…………？」

俺が先んじて言ったからか、スルは呆然としていた。

俺の推察は正しかったようだな。でなければ、ただの門番である俺に接近するはずがない。邪王の末裔の狙いは、あくまで美少女のサクラノたちだ。

ぜったいに、俺なんかじゃない。

「悪魔族も魅力的な子ばかりだ……。スルを支配下に置きたがるのも、ここにわざわざ人避けの術を使っているのも、すべては秘密のどすけべ神殿を開店するため。同好の士を集めて、ゆくゆくはどすけべ帝国を作る気なのかもしれないな」

「旦那……うち、ツッコミをいれる気力が……」

スルは傷が痛むのか精魂尽き果てたかのような表情だ。

話の細部がちょっぴりだけ間違っていたのかもしれない。俺の推察だし。

でも、話の筋は大きく間違っていないはずだ！

「貴族が逆さバニーを見るためにお忍びで来ていたらしいしさ。どすけべの輪で有力貴族と繋がるつもりなのかもな」

「旦那……あのね…………」

「そうして、世界をどすけべに染めあげようとした。本当におそるべき魔性だ」

「根本的なところは間違えてないのかもしれないけどぅ……」

スルはなぜだかもう好きにしてといった表情で、ぐたーっとした。

傷ついているのに無理をさせすぎたみたいだ。俺は彼女を寝かしつけて、残りの回復薬と救急セットを置いておく。

そして、よこしまなどすけべと戦うために勢いよく立ちあがる。

「スルはここで休んでいてくれ！　終わらせてくる！」

「油断しちゃダメだよ……殺されるよ……」

「どすけべが拒否されると殺しにかかるのか!?」

な、なんて奴だ……！

どすけべの風上にも置けない!!!!!!

「三邪王は弱くはないよ……それぞれで強力な個性を……」

「三邪王？　邪王の末裔は三体もいるのか？？？　つまり強力な特殊性癖持ちが三体！　ドン引きしないように気をひきしなければ！」

「…………」

スルは沈黙した。

しゃべるのも疲れたみたいな感じで目をつむっている。今は休ませよう。

俺は、俺のやるべきことをやるだけだ！

「行ってくる！　君を、どすけべの執念から断つために……！」

俺は一陣の風となって駆けだした。

すると、どこからともなく女神キルリの『あんぽんたーん！　ああでもでも、今回は私が余計な情報を与えたばかりに！　私もうしーらない！　いっけー、勘違い勇者ー！』と声が聞こえた。

怒りのあまり幻聴が聞こえたのだろう。

暗い通路を突風になったつもりで駆けて行く。理不尽などすけべに対する怒りで、力が無限に湧くようだった。

ズズーンと、神殿全体がゆれる。

震源地が近い！　この通路を抜けた先か！

そして、通路を抜けた先はちょっとした広間だった。

サクラノたちが各々の武器（ハミィは素手）を抜いている。戦闘の真っ最中なようだ。

「師匠!?」「兄様!?」「先輩!?」

「待たせたな！　みんなっ！」

三人娘の声を背中で浴びつつ、俺は駆けながらロングソードを抜く。

ローブ姿のよこしまな気配の魔性が二体、俺の正面に立ちふさがる。

奴らが邪王の末裔か！　確かに、こう……いかにもアレっぽい！　王都でも全裸マントの人間がたまに湧くが、雰囲気がホント似ている！

体格のよい魔性が俺に向かって叫んだ。

「ぐはははっ！　お前もむざむざ殺されにきたようだな！　俺は邪王ウオウ！　お前の頭蓋骨で酒を呑んでやるぜ！」

頭蓋骨で酒？　なんの隠語だ？

見ず知らずの人間の頭をペロペロしたいってことか!?

挨拶代わりにどすけべを見せつけてくるとは、なんて恐ろしい奴！

「これで終わりだあああああああああ！」

「ぎゃあああああああああああ!?!?!?」

とりあえず、これで終わりだ斬《ざん》で倒しておく。めちゃ殺気も感じたしね。

邪王ウオウとやらは「バカな……あ、ありえねぇ……」とうめきながら地に伏せて、全身から黒い煙を吐きだして消えていく。

次に神経質そうな魔性が叫んだ。

「ふ、ふひひひっ！　マグレ勝ちはつづかないよぅ！　僕は邪王サオウ！　お前の四肢をバラバラに捥《も》いで壁に飾ってやるよ！」

壁に飾る？　お人形さんプレイがしたいってことか!?

挨拶代わりのどすけべに戦慄しつつ、俺は叫ぶ。

「これで終わりだあああああああああ！」

「びゃあああああああ!?!?!?」

これで終わりだ斬で倒しておいた。めちゃ殺気も感じたしね。

邪王サオウとやらは「うそだ……うそだ……」とうめきながら地に伏せて、全身から黒い煙を吐きだして消えていく。

うん、邪王の末裔だからか強くはない。魔王分身体より全然弱いな。

しかし殺気を放ちながらもどすけべを語るとか、ある意味では強かった……。世界をどすけべに染めあげる野望、あながち間違いじゃなさそうだ。

俺は、もう一体のどすけべの気配を探る。

「さすが師匠！　こうもあっさりと……って、どこに行くんです⁉」

「決着をつけにいく！　スルのことは任せるよ！」

俺は広間を飛びだして、ふたたび通路を駆けていく。どすけべ神殿の最奥でよこしまな気配を感じたからだ。

通路の両端ではおどろおどろしい彫像が並びはじめる。

なんだこれ？　どこかで見たような見なかったような？

王都の下水道で似た雰囲気のモノを……いや、邪王の末裔が崇めるどすけべ神なのかも。姿形がなんというか卑猥だ。

こんなモノが世界を支配してはいけないと、決意をあらたに俺は風となる。

そして、両開きの扉をバカコーンッと派手にあける。

背もたれの長い椅子が三つある広間で、妙ちくりんな霧が漂いまくっている。そのせいか空気が澱んでいるような。なるほど、ここで夜な夜な猥談を語っているのか。

そして中央の椅子には、ローブ姿の魔性が座っていた。

俺が乱暴に入ってきたのに全然動じていない……上級どすけべだ。

気をひきしめた俺が睨むと、中央の魔性がねっとりとささやいてきた。

「こいつは驚いたね、ウオウとサオウがやられるとは。ただの人間じゃないみたいだが……快進撃はここまでだよ」

「これで終わりだあああああああああ！」

さくっと一発、これで終わりだ斬。

これですべてが終わるはずだった。

しかしロングソードが六つの腕に弾かれる。奴の脇から四本の腕が生えてきて、これで終わりだ斬を防いだのだ。

六本の腕がねっとりといやらしく俺を捕まえようとする。

「あぶなっ！」

身の危険を感じた俺は後ろに飛び跳ねて、距離をあけた。

すると魔性はゆっくりと立ちあがり、余裕ありげに語ってくる。

「私は邪王チュウオウ。邪王を束ねる魔性だ。他の邪王を倒したのは褒めてあげよう。だがすべてが無為に終わる。なぜなら同胞の力が私に集まるのだからね……！」

邪王チュウオウとやらがローブを脱ぎ去る。

そこには六本腕の紫肌の男が立っていた。ムキムキの筋肉を見せつけたいようで、服は下半身を隠しているぐらいだ。

露出狂のようだな！

「三邪王が集まりし今、新たに名乗ろう！　私こそがシン邪王である！」

シン邪王は六本の腕でポージングを決めてきた。

おかしい。さっき倒した魔性の気配を奴から感じるぞ。

俺が戦々恐々していると、シン邪王は気をよくしたのかニタリと笑う。

「私の中にいるウオウとサオウの気配を感じとったようだね」

「まさかっ、奴らを吸収したのか⁉」

「ふふ、彼らの強烈な個性を一つに束ねたんだ。……この意味、わかるよね？」

「そ、そんな……そんなの……！」

三つの強烈な性癖が混ざりあったってことか？？？

そいつはつまり超ド級の……。

「今の私は魔王様にすら匹敵するほどの――」

「超ド級のどすけべってことじゃないか‼‼‼」

どすけべってことじゃないかーと、猥談の間で俺の声が木霊する。

シン邪王は真顔になり、動揺したように何度も顎をさすっていた。

「ふむ。……人間、私がなんだと？」

「ふむ……ふむ……？　ふむ……？　私がなんだと？」

「三つの性癖が混ざりあった魔性ってことだろう⁉」

「どすけべの魔性‼」

シン邪王は目を細めて、怒鳴り散らしてきた。

「阿呆は阿呆でも突きぬけた阿呆な奴がいるかっ、この阿呆‼　なんだ⁉　私たちはこんな阿呆にふりまわされていたのか⁉　こんな阿呆のために計画が……！」

阿呆阿呆阿呆とひどい言いようだ。

もしや言葉責め、ってやつかな。隙あらばプレイか。おそろしい。

「計画？　いったいなにを企んでいる！」

「この地を……いいや、世界を我らの色に染めあげるに決まっていようが！」

「どすけべ神殿じゃ飽き足らず、世界をどすけべに染めあげる気なんだな！」

シン邪王がいまいましそうに叫ぶ。

「どすけべどすけべと馬鹿にしているのか⁉⁉⁉」

「どすけべそのものは否定しない！　やり方の問題だ！」

どすけべがなければ人類は発展しない。それはわかる。

けれど過剰などすけべは世界を蝕んでしまう。いずれ、バニー村の逆さバニーのように滅びに向かうかもしれない。

時と場合、そして節度のあるどすけべを。

奴は世界をある意味では混沌に陥れてしまう魔性なのだろうな。

「チッ！　阿呆と会話していたら私まで阿呆になる！　阿呆は阿呆らしく勘違いしたまま」

シン邪王は強烈な殺気を浴びせてくる。

「死ねえええええええええええええ！」

そして、六本の腕を広げて突進してきた。

なにかしらの特殊プレイかと、俺はロングソードを構える。

「はっ！　人間ごときが合体した私たちに敵《かな》うものか！」

「合体⁉　プレイの一環だったのか⁉」

「まだ言うか貴様は‼」

シン邪王は怒りの表情で拳の連打を繰りだしてきた。

まあまあ速いな。ロングソードでさばきつつ、様子見しておこう。

「ふははっ！　混ざりあった私たちが本気を出せばこうだ！　このまま押し潰してやる！」

「押し潰す⁉」

圧迫プレイが狙いだと、背筋に冷たい汗が流れる。

「今さら後悔したところでもう遅い！　恐怖に泣き叫び、そして――」

「せいやあああああああ！」

とりあえず縦に斬っておき、シン邪王をドッゴーーーンッと床に叩きつけた。

猥談の間が大きくゆれる。床に亀裂がはしったが、シン邪王そのものは斬れていない。けっこう丈夫だ。

「がはっ……⁉　なっ……⁉　混ざりあった私たちがこうもあっさりと……⁉」

性癖が混ざりあったからなんだ。

性癖で強さが決まるのなら世界最強が究極のどすけべになってしまう。

「耐久力は魔王分身体ぐらいあるけど……うーん？」

俺がそう言った途端、シン邪王は目を見張る。

わなわなと身体をふるわせて、絶対にありえないといった表情で見あげてきた。

「お、お前……お前が当代か⁉⁉⁉」

シン邪王は「バカなバカな……こんな阿呆が……」とうめている。

トーダイ。どすけべ界隈の隠語だろうか。

「俺はトーダイなんて特殊性癖じゃないぞ」

「ち、ちが……！」

「内輪でしか伝わらない、どすけべワードを言われてもわからないんだが」

「やめろ！　私たちをただのどすけべ集団にするな⁉⁉⁉」

シン邪王がものすごく悔しそうに顔をゆがませる。

よこしまな気配がいっそう濃くなったかと思うと、奴はおもむろに襲いかかってきた。

「うおのれえええええええええええ‼‼‼‼」

「せいやー！」

とりあえずズバシューと斬っておく。

ドッゴーンッと、シン邪王がさらに床にめりこんだ。致命傷になったみたいで全身から黒い煙が漏れはじめている。

「暴力で強引に話を進めようとするのホントよくないぞ‼」

「お、お前が言うのか……それを……」

シン邪王は恨めしそうに俺を睨んでくる。

消滅してもおかしくないのに執念で世界に留まっているみたいだ。

「こ、このまま朽ちるのか……？　私たちの願いが……魔性の時代が……。バカな……私たちは過去の遺物でしかなかったのか……？　ウ、ウソだウソだウソだ……」

う、うーん……かなり鬼気迫るものがあるな。そんなにか。

どすけべに染まった世界……か。俺だってエッチな人間だ、見てみたい気持ちはあるけどさ。

俺はふうと息を吐いて、奴の前で膝をつく。

「俺も、どすけべを否定するつもりはない」

「やめろ……」

「だがな。たとえ純粋な願いであっても、どすけべ成就のために暴力をふるった時点で……お前は道をふみはずしてしまったんだ」

「私たちを貶《おとし》めるな……」

「俺の尊敬する人の言葉をせめて贈ろう。『性癖は素直に、節度は大事に』だ。お前は……あ、プレイの一環で合体したんだったな。お前たちは、その意識が欠けていたんだ」

「ううう……」

兵士長の言葉が刺さったか、嗚咽を漏らすようにうめいている。

さすがです、兵士長。もう一度言っておこう。

「性癖は素直に、節度は大事に」

「うううううううっ………」

めちゃくちゃ心に刺さったみたいだ。

道をふみはずさなければ人類と共に歩めた未来があったのかもな。

あのヴァニー様のように。

「生まれ変わったときは節度のあるどすけべになれるよう、祈っておくよ」

「うぐっ……ううう……ううっ……」

俺が女神に敬虔《けいけん》な祈りを捧げようとしたときだった。

背後で気配がする。ふりかえる前に、シン邪王が叫んだ。

「スルか!? スル、よくぞ来てくれた！」

スルだ。

歩けるぐらいには回復したようで、サクラノたちに支えられて俺を……いや、消滅しかけているシン邪王を無表情で見つめている。

シン邪王が懇願するように叫ぶ。

「私たちの敗北は認めよう！ 負けだ！ 敗者だ！ 私たちの願いは叶わなかった！ だが……だが！ こいつの勘違いだけは正してくれないか！」

スルはずっと黙っていた。

「私たちは過去の遺物だ！ 認める！ だからせめて敗者らしく……どすけべ集団と勘違いされたままでは……あまりにも無様すぎる!!」

え？　俺の勘違いなの？？？

邪王の末裔ってのも勘違いっぽい？？？　昔話の邪王なのか？？？

やっべー、どすけべどすけべ言ったし俺の勘違いならものすごく恥ずかしいじゃんか。

スルはなにも言わず、シン邪王を見つめていたのだが。

「愛しいスルよ！」

スルは眉根をひそめて、嫌悪の表情を見せる。

そして、それはもう悪そうな笑顔で微笑んだ。

「こいつらは……ただのどすけべ変態集団だよ」

「なっ……!?!?!?　ス、スル!?　スルウウウゥゥゥゥ…………」

限界に達したのか、シン邪王がだんだんと消えていく。失意にまみれた表情で、この世界から消滅した。

なんだかゴタゴタしていたけど……やっぱり変態集団であってたんだよな？

俺の不安そうな視線に、スルが苦笑しながら答えた。

「どすけべは節度を守らなきゃね」

終章　また、いつか

暗黒神殿を脱出したスルは、悪魔族のキャラバンで休息をよぎなくされた。

ダメージが残っていたのもあるし、長年の支配から解放されたことで精神的なゆるみが一気にあらわれてしまい、まともに動けなかったのだ。

そのあいだ、仲間に怒られもした。

ココリコたちからは甲斐甲斐しくお世話もされて、自分の至らなさを恥じるしかなかった。

数日ほど寝込んで、体調が半分ぐらい回復する。

スルはゆるりと起床した。

朝ぼらけの草原を眺め、背筋をぐっと伸ばしてから仕事にとりかかる。

冒険用アイテムの仕入れ。調合薬のチェック。新規販路の修正案。バニー村との交易をはじめるにあたって契約書の確認諸々。

休んだ分、仕事が山積みになっていた。

生きるためには働かなければいけない。けっきょくのところ人はなにかの奴隷なのだと、スルはシニカルに考えた。

(根本的なところで解決にはなってないしね……)

血の祝福があるかぎり、自分たちを利用する魔性があらわれるだろう。

ただ、もう言いなりにはならない。

仲間たちと相談して強く生きていこうと誓った。

「うー……身体が重い……」

荷台から箱を積み下ろしただけでけっこう疲れてしまった。

本調子はまだ先だなあと考えていると、騒がしい声が聞こえてくる。

「師匠ー！」「せ、先輩……？」

「ち、ちが……！　不可抗力だ！」

門番一行だ。ちょっと離れた場所にいる。

仲間の悪魔族にエッチにからかわれたらしい。

どこか嬉しそうな彼を見るあたり、やはりどすけべだ。勘違いでもどすけべについて熱く語ってい
たわけだしと、ジト目を送る。

（……心配してくれるのは嬉しいんだけどね）

門番一行は何度も様子を見に来てくれた。

申し訳ないやら恥ずかしいやらで、スルはおもはゆそうに笑った。

「──まだ寝ていたほうがええんじゃないか？」

そう声をかけられ、ふりかえる。

メメナが心配そうに立っていた。

「おかげさまで五体無事だしね。働けるときに働かないとさー」

スルは努めて明るい声で言った。

「お主はもう少し自分を労わるべきじゃぞ？　……ワシが言えた立場ではないがの」

メメナは苦笑した。

彼女は故郷で同族のために犠牲になろうとしていたらしい。そこのところで共感してくれたからお守りを渡して助けてくれたのだろう。

いや疑惑のほうが大きいかと、スルはこの機会に聞いてみることにした。

「……あのさ、うちのことはいつから疑っていたの？」

「ん？　昔のことじゃが、悪魔族がまだ魔性と繋がっている話を聞いたことがあっての。疑惑という疑惑ならば……まあ最初からじゃぞ」

「……よくそれで旦那の装備を預けさせたね」

「本人が悪い気配はしないと言っておったしな。ならワシが口を挟むことはない」

悪魔族じゃなく、彼を信頼してのことだったらしい。

「疑惑に確信をもったのは？」

「バニー村あたりじゃよ」

メメナは呑気そうに微笑んだ。

「バニー村って……。うち、そのときも放置気味だったよね……」

「ワシもええ歳じゃしなー。基本は若者に任せる方針じゃ」

「……兄様兄様と慕ってるのに」

「それはそれ。慕っているのは確かじゃし、妹プレイを楽しませてもらうぞ」

邪王よりも食わせ者じゃなかろうか。だけどメメナがいるなら門番パーティーは大丈夫なのだと、スルは思った。

「あのさ。旦那の勘違いっぷり……うちらの血の祝福と似たようなものが?」

「じゃろうな。本人の性格もあるが、かなり強力な術が施されておる。おそらく神々の手によって血に刻みこまれたものだろう」

だよねと、スルはなにも知らない門番を見つめた。

デタラメな強さもあるが、彼の性質は対魔性に特化している。

悪しき者はだいたい裏で暗躍して、強い光の前には隠れてしまう。

そこに目立たず、噂にならず、決して英雄になることがない最強の存在はさぞ刺さるだろう。しかも悪人センサー持ち。

「旦那には言わないの? 本人知らないよね。あの邪王を変態だって勘違いしたぐらいだし」

「言わんさ」

「どうして?」

「楽しいからじゃ」

メメナこそが一番の悪しき者ではないかと、スルは疑惑の視線を送る。

銀髪のエルフはおかしそうに笑ったままだ。

「誰にも気づかれなくてもよい。みんなが楽しいと思える居場所を守る。兄様の理想でもあるようじゃしな。ならばワシは黙《もく》するだけだ。……お主はちがうのか？」

同じ理想を抱《いだ》いているのではないかと見透かされる。

どおりで助けてくれたわけだよと、スルは納得した。

「うん……そうでありたいね」

スルはみんなが今日も楽しくいるかキャラバンを見つめる。

と、門番が視線に気づいてこっちにやって来た。

メメナが「兄様は話があるようじゃな」と言って、ここから離れていく。

（変な気遣いはやめてほしいな。歳は教えてくれなかったけど絶対お婆ちゃんでしょ）

と思いつつも、スルはちょっと身だしなみを整えた。

そして彼が心配そうに声をかけてきた。

「スル、もう起きあがって大丈夫なのか？　まだ休んでいたほうが」

「……同じことを言うなあ」

二人はやっぱり仲間だねと、スルはしみじみ思った。

「？　同じこと」

「なんでもない。寝てばかりだと余計にしんどいよ。動けるなら動かないとね」

スルは強がって笑った。

「ならいい。それでさ、スル」

「んー？」

「……俺ちょっと思い出したことがあるんだ」

門番はそう言って、難しい顔をした。

記憶でも探っているのか、むむーと唸っている。

「うーん……思い出したというか……。断片的な情報が急に繋がったというか……。いつもの直感のようでちがうような……」

「旦那ー。全然わからないんだけどー？」

「つ、つまり俺が言いたいのは」

門番はコホンと咳払いして、真面目な表情で告げた。

「俺の故郷に来ないか？」

「……………え？　なにそれ、うちをハーレム要員にしたいわけ？」

「ち、ちが！　ちゃんとした理由で、ってハーレム要員ってなんだ⁉」

「さあねー」

まあ真面目な理由だとは思うが、頬が熱くなっている自分に気づく。

スルは素知らぬ顔を作っておいた。

「すまん。言葉足らずだった。えっとさ、俺の故郷に不思議な場所があってさ。モンスターが絶対に寄りつかない場所で、術を無効化する場所があるんだよ。聖地っぽい場所」

それはまんま聖地じゃないのか。

旦那の故郷に珍しいものがあるなーとスルは思った。

「でさ。悪魔族はそこでなら住めるんじゃないかって」

「旦那、気持ちは嬉しいけれど……」

血の祝福があるかぎり悪魔族は定住できない。定住しようと考えるだけで気持ちが悪くなって、居ても立ってても居られなくなる衝動に駆られる。

そういった呪いなのだ。

(今だってさ。今だって……今だって？)

ない。

気持ち悪さをまったく感じない。

それどころか、種族全体に及んでいる血の祝福がうすまっていくのを感じる。

(なんで？　ど、どうして？？？)

わけもわからず動転していたスルに、門番は言葉をつづける。

「大昔の契約なら効力が弱まっているかもしれないし……。俺はさ、悪魔族がゆっくりと休める場所があっていいと思うんだ」

光の者より許しを得た。

直感で、血で、スルは悟る。

「俺の故郷の人たちも移住者がきたら喜ぶと思う。俺の名前を出せば……ああでも、俺のことをみんな覚えているかなあ……」

「……旦那の名前って？」

仲間に調べてもらったはずの名前をたずねた。

「ダン＝リューゲル」

彼は「昔の勇者と同じ名前なんだよなー」と恥ずかしそうに笑った。

今度こそ、名前がしっかりと頭に入ってくる。

勇者と同じ名前。デタラメな強さ。神々が施した術。

まちがいなく勇者の血筋であり、彼こそが当代勇者なのだとわかった瞬間、『ちょーっぴり助けるだけですからね？』と知らない女の声が、スルの頭でひびいた。

「ぅ……ぁ……」

「……スル？」

これ以上情けないところを晒したくなかった。

でも感情の波が大きすぎて耐えられない。自分がみっともなく泣いているのがわかった。

先祖からつづく長き呪いが完全に解けたのだ。

「な、泣くほどイヤなら別にいいんだ！　強制しないし！」

あいかわらず盛大な勘違いっぷりをしているダン。

スルは当代勇者の前で膝をつく。

「悪魔族は御恩をけっして忘れません……。うちは貴方様に永遠の忠誠を誓います……」

「ええ!?　なんで!?」

「うぅ……」

ボロボロと泣いてしまったスルに、ダンが同じように膝をつく。

そして困ったように笑いかけた。

「とりあえず試すだけ試してからさ？　うまくいっても忠誠とかいらないよ」

「ですが……受けた恩があまりにも大きすぎて……」

「俺たちは一緒に旅をした仲間じゃないか」

ダンは対等対等と笑いながら手を差しのべてくる。

スルがためらいがちに握ると、彼は優しく立ちあがらせてくれた。

「……うちが仲間？」

「だからさ。スルが落ち着いたら……またいつか、一緒に旅をしよう」

「また、いつか」

「ああ。また、いつか」

歳を重ねるごとに軽くなる『また、いつか』。

ずっと縛られていた彼女にとって、ずいぶんと気が楽で、心地の良い言葉だと感じた。

「うん。また、いつか。絶対だよ、旦那」

スルは心からの笑みで絶対をとりつける。

必ず果たしたい約束だと伝わったのか、ダンも気持ちよく笑い返してくれた。

《了》

あとがき

今慈ムジナです。皆さまのおかげで『ただの門番、実は最強だと気づかない（サブタイ省略）』2巻が発売となりました。本当にありがとうございます。

門番の旅がつづきましたので各ヒロインにスポットを当てつつ、世界観を掘りさげる話になりました。闇にひそむ魔性。神獣。血の祝福。超古代の機械文明。王都から出ていくしかなかった門番の旅は広がり、未知への冒険と代わりました。

そしてバニー村。

……それは、小さな願いでした。

僕の中で「バニー表紙をやってみたいな」という願いがくすぶっていました。夢や、憧れや、欲というものは一度求めるとなかなか忘れることができません。小さな願いの種火は、いつしか熱き情熱に変わりました。

白状します。

バニー表紙を実現するためにバニー村のエピソードを書きました。

担当さまには『バニー表紙はすごくつよいと思います』と、あくまで提案としてメールを送りました。ですが内面では本気です。ガチです。マジのマジです。お百度参りしかねない勢いで願っておりました。事実、バニーはすごく目を引くと思います。

バニーは人を狂わせます。月の獣は魔性を帯びているのです。

表面上では冷静でも、ことあるごとに「ヒロインのバニー姿を魅せましょう」と提案していた気がします。僕の心根はバレバレだったでしょう。

もちろん、ただの願望がおいそれとは形になりません。

実現するにあたり苦心していただいた担当さま。細かい要望を聞いていただき、ヒロインのバニー姿を可憐に仕上げていただいた竹花ノートさま。出版にたずさわる関係者の皆さまには、本当に感謝しかありません。

すべてはプロジェクト表紙Bを実現するため……そして夢は形になりました。

バニースーツは言葉では語ることのできない不思議な魅力があります。みんなどうしてバニーが好きなのか。原作をよく知らないのに、どうしてバニーフィギュアを買ってしまうのか。語りきれない魅力があるからこそ魅力なのだと思います。

魅惑蠱惑のバニースーツ。みんな大好きバニーガールです。

そんなわけで『ただの門番、実は最強だと気づかない』2巻を楽しんでいただき、また、バニー好きの方に情熱が少しでも届きましたら幸いです。

改めてになりますが夢を形にしていただき、刊行にいたるまで尽力くださった担当さま。関係者さま。そして素敵なイラストを仕上げていただいた竹花ノートさま。

本当に、ありがとうございました。

それではまた、いつか。

今慈ムジナ

唯一無二の最強テイマー
～国の全てのギルドで門前払いされたから、
他国に行ってスローライフします～
原作：赤金武蔵　漫画：田村紘一
キャラクター原案：LLLthika
異世界還りのおっさんは
終末世界で無双する
原作：羽々音色　漫画：ダンタガワ
ジャガイモ農家の村娘、
剣神と謳われるまで。
原作：有郷　葉　漫画：たぢまよしかづ
キャラクター原案：黒兎ゆう

転生貴族の異世界冒険録
～カインのやりすぎギルド日記～
原作：夜州
漫画：香本セトラ
キャラクター原案：藻
レベル1の最強賢者
原作：木塚麻弥
漫画：かん奈
キャラクター原案：水季
我輩は猫魔導師である
原作：猫神信仰研究会
漫画：三國大和
キャラクター原案：ハム

捨てられ騎士の逆転記！
原作：和田 真尚
漫画：絢瀬あとり
キャラクター原案：オウカ
身体を奪われたわたしと、
魔導師のパパ
原作：池中織奈
漫画：みやのより
キャラクター原案：まろ
バートレット英雄譚
原作：上谷岩清
漫画：三國大和
キャラクター原案：桧野ひなこ
コミックポルカ
COMICPOLCA
話題のコミカライズ作品を続々掲載中！
毎週金曜更新
公式サイト
https://www.123hon.com/polca/
Twitter
https://twitter.com/comic_polca
コミックポルカ
検索

ただの門番、実は最強だと気づかない２
～貴族の子弟を注意したせいで国から追放されたので、仕事の引継ぎをお願いしますね。ええ、ドラゴンや古代ゴーレムが湧いたりする、ただの下水道掃除です～

発　行
2024年7月16日　初版発行

著　者
今慈ムジナ

発行人
山崎　篤

発行・発売
株式会社一二三書房
〒101-0003　東京都千代田区一ツ橋2-4-3 光文恒産ビル
03-3265-1881

編集協力
株式会社パルプライド

印　刷
中央精版印刷株式会社

作品の感想、ファンレターをお待ちしております。
〒101-0003　東京都千代田区一ツ橋2-4-3 光文恒産ビル
株式会社一二三書房
今慈ムジナ 先生／竹花ノート 先生

Printed in Japan, ISBN 978-4-8242-0281-9 C0093
※本書は小説投稿サイト「小説家になろう」（https://syosetu.com/）に
掲載された作品を加筆修正し書籍化したものです。